AtV

Richard Wagner, geboren 1952 im rumänischen Banat, arbeitete als Deutschlehrer und Journalist und veröffentlichte Lyrik und Prosa in deutscher Sprache. Nach Arbeits- und Publikationsverbot verließ er Rumänien im Jahr 1987. Seitdem freier Schriftsteller in Berlin, zahlreiche Preise und Stipendien, u. a. den 2000 erstmals verliehenen »neuen deutschen Literaturpreis«.

Werke (Auswahl): »Ausreiseantrag. Begrüßungsgeld« (Erzählungen, 2002, AtV 1815-0), »Der leere Himmel. Reise in das Innere des Balkan« (Aufbau-Verlag, 2003).

Die drei Protagonisten in Richard Wagners Roman sind »stille Beobachter der nervösen Menschen«. Sie sind Exilanten der Geschichte und Zaungäste des Lebens – der Detektiv Dinu Schullerus, der Schriftsteller Klaus Richartz, der Träumer Christian Schullerus. Die »wichtigeren Zeiten« liegen hinter ihnen, Zeiten des Glaubens und der Liebe, Zeiten des Verrats und Mißtrauens.

Doch unversehens fordert die vergessene Vergangenheit ihren Tribut. »Es ist das Jahr 1996, der Kommunismus ist zwar tot, aber sein Leichnam geht um.« Wenige Jahre nach der rumänischen Revolution nutzen die Schattenmänner und Leichengräber des Kommunismus ihre neue Reisefreiheit. Sie kommen nach Berlin und bringen den Tod.

Bereits als Erika Binder, jene faszinierende und standhafte Frau, plötzlich in Berlin auftaucht, gerät das ›bedeutungslose‹ Leben von Dinu Schullerus in Bewegung. Kurze Zeit später ist die schöne Banater Schwäbin tot. Der rumänische Detektiv macht sich auf, den Mörder seiner Exgeliebten zu finden. Das schmerzhafte Erzählen ist in Gang gebracht. Es gerät zu einer wahren Koproduktion dreier Männer, deren Leben im Bann der geheimnisvollen »Miss Bukarest« steht.

Richard Wagner

Miss Bukarest

Roman

Aufbau Taschenbuch Verlag

ISBN 3-7466-1951-3

1. Auflage 2003
Aufbau Taschenbuch Verlag, Berlin

Umschlaggestaltung Preuße & Hülpüsch Grafik Design
unter Verwendung eines Motivs von G. Schuster
Druck Elsnerdruck GmbH, Berlin
Printed in Germany

www.aufbau-taschenbuch.de

I

Und nun kam der Tag,
an dem ich mich in die Welt stürzte.

Panait Istrati

I

Schön sah die Leiche nicht aus.

Wir standen in der stummen Halle. Schelski hatte die Schublade aufgezogen. Wasserleiche. Was soll man daran schon erkennen?

Nachher, in seinem Büro, zeigte er mir die Fotos. »Eine Landsfrau von dir«, sagte er in seinem unnachahmlichen Ton. »Rumänin.«

Er warf mir einen prüfenden Blick zu. »Kennst du sie?«

Ich verneinte mit einer Kopfbewegung. Dabei war mir sofort klar, daß es sich um Erika handelte. Aber das wollte ich Schelski nicht verraten. Hatte meine Gründe.

Ich wollte zuerst einmal herausfinden, was Schelski wußte. War es wirklich nur die Spekulation auf die Herkunft, oder ahnte er etwas?

Ich heiße Dino Schullerus. Heute heiße ich so. Warum ich früher anders hieß, ist eine lange Geschichte, die sich aber kurz erklären läßt. Erklären, nicht erzählen.

Ich arbeite in einer Detektei. Wir machen alles. Wir suchen entlaufene Hunde, bringen Mädchen vom Drogenstrich zurück, finden verschollene Erben und dokumentieren Ehebrüche.

Ehebruch. Damit fing es an.

In der Detektei nennt man mich allgemein den Rumänen. So hieß es auch damals: Ein Fall für den Rumänen! Erika Osthoff, Auftraggeber der Ehemann. Ich hatte ein paar ähnliche Fälle bereits zur Zufriedenheit von Arbeit- und Auftraggeber erledigt.

»Dino«, sagte die Sekretärin mit Augenaufschlag. So wie sie Dino aussprach, hätte man denken können, sie halte mich für einen Italiener. Rumänen gelten gern als Italiener, und ich wurde öfter für einen Italiener gehalten.

»Dino«, sagte sie, »du wirst noch der große Ehen-Spezialist, bist du wirklich so konservativ?«

Sie redete gern in zweideutiger Weise mit mir, nannte mich dabei stets Dino. Sonst sagte sie, wie alle anderen: der Rumäne.

Ich bin seit knapp sieben Jahren in der Detektei. Länger als die meisten. Ich glaube, der Boss schätzt meine Arbeit. Jedenfalls gab es schon mehrmals Fälle, in denen er mich zum Partner nahm. Chefsachen.

Wichtige Dinge macht er, der geborene Mittelständler, gerne selbst. Diskretion erfordernde Angelegenheiten für Freunde, alte Bekannte. Oder ausgefallene Sachen, gefährliche. So haben wir, am Anfang der Neunziger, die Russen fotografiert, als sie noch die Besatzer spielten und mit ihren klapprigen Militärmaschinen einen schwungvollen Zigarettenhandel trieben.

War ein Spezi vom Boss, der uns den Auftrag vermittelte. Wahrscheinlich vom BND. Einer von diesen Geheimniskrämern, die mit Wichtigtun ihr Geld verdienen.

Der Boss ist ein bißchen altmodisch. Und das ist wahrscheinlich auch der Grund, warum er mich, den Kerl vom Balkan, ernst nimmt. Sein Vater, erzählte er mir einmal, sei an der Donau stationiert gewesen. In Giurgiu, während des Kriegs. Er habe von den rassigen Rumäninnen geschwärmt. Selbst der Feldmarschall Paulus hatte ja eine Rumänin zur Frau. Aber der hat bekanntlich Stalingrad in den Sand gesetzt.

Die Sache mit Erika begann als ganz banale Ehegeschichte. Der Mann hat die Frau im Verdacht, daß sie fremdgeht. Allzuviel weiß er nicht. Es ist mehr ein Verdacht. Er ist Geschäftsmann und nie da. Zweitwohnung in Hamburg. Wir sollen die Frau überprüfen.

»Sieh mal, ob was dabei herauskommt. Fotos und der Rest. Hier sind die Unterlagen.«

Der Boss schob mir einen dünnen Ordner über den Tisch. Die Sekretärin lächelte hintergründig, als ich rausging. Vielleicht sollte ich es ihr doch mal besorgen, dachte der Rumäne in mir.

Dino, du bist im Westen, vergiß die Faustregel nicht, mahnte ich mich sofort und lächelte zurück, ebenso hintergründig und nichtssagend zugleich. Keine Fehler bitte! Ich hatte von Anfang an mein Regelwerk. Benimm dich so, daß du den Einheimischen nicht unangenehm auffällst. Ein erfolgreicher Immigrant darf nicht übertreiben. Keine Konflikte also.

Ich machte mich an den Fall. Reiche Hausfrau, dachte ich mir. Unterbeschäftigt. Auf den Fotos, die der Akte beilagen, wirkte sie attraktiv. Sie war Anfang Vierzig. Irgendwie kam mir das Gesicht bekannt vor. Aber was besagte das schon? Ich habe in meinem Leben viele Frauengesichter gesehen. Eine Adresse in Lichterfelde. Routine.

Am frühen Morgen postierte ich mich mit meinem Wagen in der Nähe des Hauses. Irgendwann wird sie das Haus verlassen. Heute oder morgen oder übermorgen. Ich war ein geduldiger Beobachter.

Wie eine Schildkröte war ich. Schläfrig und sofort wach, wenn es darauf ankam. Das hatte ich in all den Jahren und in vielen Situationen gelernt. Das Warten war Teil von mir. Ich langweilte mich nie. War wie ausgeschaltet, Teil der toten Zeit. Das ist das Geheimnis des Observierens.

Vier Tage brauchte ich für den Fall. Sie traf in diesen vier Tagen, in denen ihr Ehemann auf Geschäftsreise war, zweimal einen Mann. Denselben. Auch bei ihm hatte ich den Eindruck, das Gesicht zu kennen. Aber, ich hatte in meiner Laufbahn zigtausend Männergesichter gesehen, Männergesichter jeder Art. Ich hatte alle Männergesichter dieser Welt gesehen. Ich dachte nicht weiter darüber nach.

Es war nicht mein Auftrag, darüber nachzudenken. Ich sollte erkunden, was die beiden miteinander machten, nicht, wer sie waren. Schließlich wollte der eifersüchtige Ehemann seine geile Geschichte. Und die sollte er auch haben, denn dafür wurden wir ja bezahlt.

Die Frau und der Mann gingen beide Male miteinander ins Bett. Beim zweiten Mal konnte ich sie durch ein Fenster recht gut fotografieren. Nicht im Bett, aber doch in der Umarmung. Ich hatte auch sonst massenhaft Fotos von ihnen gemacht. Auf der Straße, im Café. Als ich die Fotos durchsah, fiel mir bei der Frau wieder die Ähnlichkeit mit jemandem auf.

Jemandem aus Rumänien.

Jetzt wußte ich es. Wieso ich nicht gleich darauf gekommen war? Erika, sie war's. Es war lange her, und große Teile meiner rumänischen Vergangenheit hatte ich mit Erfolg verdrängt. Ich wollte mich nicht mehr daran erinnern. Es war besser so.

Richtig, Erika. Das war ihr Name. Wir nannten sie in den Akten »Parfum«. Wegen ihrer Vorliebe für ein französisches Parfum, weiß nicht mehr welches. Ich legte mein Recherche-Ergebnis dem Boss auf den Tisch. Ehebruch, belegt. Sofern es möglich war. Soll der Klient das Weitere entscheiden. Will er die Scheidung, kann man nachfassen. Der Beweislage halber. Will er die Sache mit der Frau sonstwie regeln, reichen die Unterlagen allemal.

»Okay, Dino«, sagte der Boss. Und ich machte mich auf die Suche nach einem verschwundenen Cocker, einem ganz besonderen, aber meine Gedanken waren bei Erika. Laß die Finger davon, sagten alle meine Instinkte, laß die Vergangenheit ruhen. Aber ich gehorchte mir nicht. Etwas, eine Macht in mir, die ich plötzlich nicht mehr unter Kontrolle hatte, zwang mich, meiner Neugier nachzugeben. Es war die Macht der verschütteten Gefühle, denke ich.

Und so stand ich ohne jeden Grund im KDW in der sechsten Etage neben der Lachs essenden Erika und sagte: »Hallo, schön dich zu sehen!«

Sie blickte mich kurz und unwillig an. Ihr Gesicht erstarrte für einen Augenblick, dann war ein kaltes Lächeln darin.

»Dinu«, fragte sie.

Dinu ist die rumänische Namensform von Dino. So nannte man mich früher. In meiner rumänischen Zeit.

»Du traust dich, mich anzusprechen«, sagte sie. »Nach allem, was gewesen ist.«

Ich blickte sie an. Ich muß verlegen ausgesehen haben.

»Vor euch hat man auch nirgends seine Ruhe. Wie hast du mich gefunden?«

»Zufall«, sagte ich, »Berlin ist klein. Anscheinend haben wir die gleichen Gewohnheiten.« Meine Hand zeigte auf die Freßetage. »Bei unserem Ost-Vorleben, kein Wunder«, fügte ich hinzu.

Sie lachte.

»Immer noch der alte«, sagte sie. »Die gleiche Sorte Humor.«

Sie sah mich prüfend an, wie einen vor Jahrhunderten abgelegten Liebhaber. Sie sah mich an, als wollte sie sich noch einmal von dem Ausmaß der Dummheit, die sie damals begangen hatte, überzeugen.

»Ich habe jetzt keine Zeit«, sagte sie. »Verabreden wir uns? Du kannst mir deine Geschichte erzählen.«

Das war ihre Art Humor.

»Morgen um drei im Café Möhring«, rief sie.

»Und warum soll ich glauben, daß du kommst«, fragte ich.

»Als Mann muß man das«, erwiderte sie und war weg. Zeigte noch ein kleines neckisches Winken, bevor sie in der Menge der freßfrohen Menschen verschwand, denen ihr Konto einen gemütlichen Spätvormittag gönnte.

Ich blieb noch eine Weile an der Fischtheke sitzen und sagte mir: Dino, du hast einen Fehler gemacht. Einen richtig großen Fehler.

Immerhin sagte ich Dino zu mir und nicht Dinu.

2

Ich fragte mich nicht, warum Erika sich mit mir treffen wollte. Warum sie überhaupt zu einem Treffen bereit war. Ich war viel zu sehr mit meinen eigenen Motiven beschäftigt. Es kam mir gar nicht in den Sinn zu fragen, weshalb diese Frau, nach allem was gewesen ist, wie sie selber sagte, so schnell und problemlos zu einer Verabredung bereit war.

Ich sitze also bereits zehn vor drei im Café Möhring, und aus irgendeinem Grund bin ich mir sicher, daß sie kommt. Ich bestelle einen Kaffee und verzichte darauf, Zeitung zu lesen. Ich möchte Erikas Auftritt nicht verpassen. Vielleicht will ich auch bloß den Überblick nicht verlieren.

Ich studiere die Statisten, wie wir früher sagten. Das Publikum. Harmlose Alte. Hausfrauen, die sich den neuesten Klatsch erzählen, nachdem sie in den Klamottenläden am Ku'damm zugeschlagen haben, aus Rache für die letzten Eskapaden des Gatten. Sahnetörtchen, mir dreht sich der Magen. Keinen Kuchen in Berlin. Nur Lebensmüde sollten in Berlin Kuchen essen. Die Backkunst der Berliner ist ein einziger Beweis für die unausrottbare Neigung der Menschheit zur Vernichtung wertvoller Ressourcen unseres Planeten.

Da kommt sie. Erika. Sie hat ein Tuch um das Haar gebunden, und eine dunkle Brille hat sie auch auf. Das erinnert mich an die italienischen Filme, die ich in meiner Teenie-Zeit gesehen habe.

»Hallo Gina«, sage ich, »oder soll ich Sophia sagen?«

»Verschone mich mit deinem Italien-Tick«, sagt Erika

und nimmt die Brille ab. Es ist ihr Gesicht, es sind ihre Augen, aber vierzehn Jahre später. Vierzehn Jahre danach. Eine schöne Frau.

»Das hättest du dir nicht gedacht, daß wir uns mal in Berlin wiedersehen«, sage ich.

Ich weiß nicht, warum ich das sage. Vielleicht aus Verlegenheit. Oder um das Gespräch überhaupt in Gang zu bringen.

»Hat dir das Ende des Kommunismus zur Reisefreiheit verholfen«, fragt sie mit winzigem Lächeln. »Verdanke ich der friedlichen Revolution in Osteuropa dieses Wiedersehen? Pardon«, sagt sie, »fast hätte ich es vergessen, bei euch wurde ja geschossen. Weiß man übrigens schon, wer geschossen hat? Warst du auch unter den unsichtbaren Terroristen, den geheimnisvollen außerirdischen Libyern, die für den Tod deiner Landsleute verantwortlich sein sollen?«

Sie setzt die Brille wieder auf.

Ich denke mir, sie sagt: bei euch, sie sagt: deine Landsleute, als hätte sie gar nichts damit zu tun, als käme sie nicht auch aus jenem verrufenen Land, für das wir uns in den Augen der Fremden andauernd zu schämen haben.

Die Kellnerin nimmt Erikas Bestellung auf, schreibt alles korrekt auf ihren Block. Richtig deutsch. Ob sie aber die neue Rechtschreibung benützt?

Sie geht.

Ich habe ihren Abgang abgewartet.

Blicke jetzt Erika an.

»Ich habe Rumänien 1986 verlassen«, sage ich langsam.

»Was«, sagt sie.

»Als Aussiedler.«

»Du, als Aussiedler.« Sie scheint ehrlich erstaunt zu sein.

»Ja.«

Sie nimmt die Brille ab.

»Lotte hat dich mitgebracht«, sagt sie und blickt amüsiert auf die Kaffeetasse, die die Kellnerin vor sie hinstellt.

»Und du lebst seither in Berlin?«

»Ja«, sage ich.

»Und was machst du so?«

»Ich arbeite in einer Detektei.«

»In einer Detektei!« Erika kippt fast ihren Kaffee um. Vor Lachen. Die Dritten Zähne von nebenan werden unruhig. Erika wird wieder leiser.

»Was ist daran so lustig«, frage ich.

»Ja, was ist daran so lustig«, wiederholt Erika, indem sie meine Stimme nachahmt.

Sie wirft mir einen kurzen Blick zu, dessen Schärfe mir auffällt.

»Bist du im Augenblick beruflich unterwegs«, fragt sie, »oder ist es privat?«

»Ganz privat«, sage ich. Es stimmt nicht hundertprozentig, aber weitgehend schon, wie immer, wenn Männer Frauen gegenüber eine solche Frage beantworten. Eine Hintertür sollte man stets offen lassen.

»Und wieso privat«, fragt sie mit betont leiser Stimme.

Ich sage nichts.

»Liebst du mich etwa immer noch«, fragt sie plötzlich. In ihrem Gesicht ist ein vieldeutiges Lächeln.

Ich fürchte, sie wird wieder mit der alten Sache anfangen.

»Hast du mir nicht genügend Probleme bereitet«, fragt sie, aber es ist mehr eine Feststellung.

Probleme, denke ich mir, was für Probleme?

Ich glaube, ich kenne jetzt den wahren Grund, warum ich sie treffen wollte. Ich hatte die alte Geschichte zwar verdrängt, aber ich bin sie nicht losgeworden.

»Du hast mich sehr verletzt«, sagt sie.

Sie spricht in einer Weise, die ich nicht ganz verstehe. Ich bin mir nicht im klaren darüber, was sie wirklich meint.

»Laß uns reden«, sage ich.

»Nein«, sagt sie.

Die Tische rundherum sind leer. Die Kaffee- und Kuchenzeit der Deutschen ist zu Ende.

»Wie geht es dir«, frage ich.

»Besser, als manche es vorgesehen hatten.«

»Bist du noch mit diesem Deutschen verheiratet?«

»Du meinst Dieter. Ja, ich bin immer noch mit ihm zusammen. Es war also keine Scheinheirat, damit ich rauskomme. Und ich war auch keine Ausländerhure, die es für Deutschmark machte.«

Ich verstehe überhaupt nichts mehr. Es sind die seinerzeit üblichen Behörden-Beschimpfungen nach Heiratsgesuchen von Frauen, die in den Westen wollten. Warum wiederholt sie das jetzt, nach vierzehn Jahren? Und warum gerade mir gegenüber? Was weiß sie über mich? Weiß sie etwas über mich?

»Lassen wir es«, sagt Erika plötzlich. »Es ist sowieso alles vorbei. Ich bin in Berlin, du bist in Berlin, bleibt die Frage: Was willst du von mir?«

»Sehe ich dich wieder«, frage ich.

»Hat doch keinen Zweck«, sagt sie.

»Sehe ich dich wieder?«

»Vielleicht«, sagt sie. Sie ist bereits aufgestanden. Hat die dunkle Brille wieder auf. Geht.

Ciao Gina.

Ja, ich habe sie wiedergesehen. Im Leichenschauhaus.

3

Kaum bin ich zur Tür hereingekommen, ruft mir Dagmar, die Sekretärin, auch schon zu: »Schelski hat angerufen! Er sagt, du sollst ihn zurückrufen.«

In der Detektei weiß man, daß Schelski mein Kumpel von der Mordkommission ist. Es ist einer der Kontakte, wie man sie in einer Detektei zu schätzen pflegt.

Schelski kenne ich schon seit ein paar Jahren. Das Schachspiel und einer der Fälle haben uns zusammengeführt. Ein Mann war plötzlich tot, und er war mein Klient gewesen. Da gab es einiges zu besprechen. Wir haben uns angefreundet und auch sonst gelegentlich ein paar Tips ausgetauscht. Als Privater kommt man ein bißchen rum und kann problemlos an Orte gehen, wo die Bullen nicht gern gesehen sind.

Auch Schelski hat mir gelegentlich einen Dienst erwiesen. Wie das so ist. In Deutschland nicht anders als in Rumänien.

Wir trafen uns in der Regel zweimal im Monat zum Schachspielen. In Tempelhof, wo ich wohne, gibt es ein Schachcafé. Im Wedding, wo Schelski wohnt, gibt es keines. Schelski bringt das Schachbrett mit in sein Stammcafé am Nordufer.

Wir treffen uns abwechselnd, mal da, mal dort. Wir spielen berühmte Ost-West-Schachspiele aus den letzten Jahrzehnten nach. Spasski, Fischer, Gasparow. Schelski freut sich diebisch darüber. Er ist ein waschechter Westberliner. Wir spielen unser Schach, als stellten wir den Kalten Krieg nach.

Ich setze mich an den Schreibtisch, rufe Schelski an.

»Dino«, sagt er, »deine Landsfrau ist nicht ins Wasser gefallen. Sie ist auch nicht ins Wasser gestoßen worden. Sie war schon tot, als sie in den Styx kam. Was sagst du dazu?«

»Was soll ich dazu sagen?« erwidere ich gedankenlos.

»Du hast sie gekannt«, stellt Schelski fest.

»Wie kommst du darauf. Gut, sie ist aus Rumänien. Aber in Rumänien leben 23 Millionen Menschen. Im Moment eigentlich nur noch 21,5 Millionen. Es ist zwar eine kleine Nation im Vergleich zu den Deutschen, trotzdem hatten nicht alle dieselbe Stammkneipe.«

Schelski lacht herzhaft.

»Aber nicht alle Rumäninnen begehen Ehebruch in Berlin.«

»Sie ist keine Rumänin, sie ist eine Banater Schwäbin.«

»Verschone mich mit diesem Aussiedlerkram«, sagt Schelski, ganz nüchterner Gegenwartsmensch, ganz Kommissar. »Was weißt du über sie?«

»Nichts, ich hatte einen Auftrag.«

»Weiß ich«, sagt Kommissar Schelski.

Er hat also den Ehemann ausgequetscht, und der hat ihm unsere Detektei genannt. Hätte ich mir denken können, ich Idiot. Selbstvorwürfe bringen nichts, schließlich bin ich kein Katholik.

»Ich nehme an, der Ehemann hat dir erzählt, worum es ging«, sage ich.

»Und ob.«

»Also, mehr weiß ich auch nicht.« Es ist am besten, so lange wie möglich nichts zu sagen. Nichts von sich aus. Das habe ich gelernt. Und was ich gelernt habe, sitzt tief in meinem Hirn. Kann jederzeit abgerufen werden in den Gefahrenstunden.

»Wer ist der Mann, mit dem sie sich getroffen hat«, fragt Schelski. Er läßt nicht locker. Auch er versteht sein Handwerk.

»Weiß ich nicht, wir hatten keinen weiteren Auftrag. Der Ehemann war nicht auf Scheidung aus.«

»Wir müssen den Mann finden«, sagt Schelski.

Dabei bleibt unklar, wen er mit »wir« meint, die Mordkommission oder sich selber und mich.

»Wenn dir noch was einfallen sollte, laß von dir hören. Nächste Woche sind wir sowieso verabredet«, sagt er und legt auf.

Nächste Woche wollen wir das Spiel Spasski gegen Fischer nachspielen. Reykjavik 1972. Die elfte Partie. Das Bauernopfer. Beim ungeordneten Rückzug verliert Fischer die Dame.

Der Mann, mit dem sich Erika getroffen hat, denke ich mir. Sein Gesicht. Ich muß mir die Fotos noch einmal ansehen. Das Duplikat der Akte muß noch da sein. So lange ist es ja nicht her.

Ich gehe zu Dagmar, frage sie.

Nach zehn Minuten bringt sie den Ordner.

Wir heben die Dinger eine Weile auf, kann ja sein, daß der Auftraggeber auf die Angelegenheit zurückkommt, sich anders entscheidet.

Ich sehe mir die Fotos auf der Caféterrasse an. Erika und der Mann. Das Gesicht. Irgendwie kenne ich dieses Gesicht.

Es muß mit Rumänien zu tun haben, denke ich mir. Obwohl ich keinerlei Anhaltspunkte dafür habe. Ich betrachte das Gesicht auf den Fotos noch eine Weile, aber mir fällt nichts ein. Ich nehme eines der Fotos, auf denen der Mann zu sehen ist, aus der Mappe, den Rest gebe ich an Dagmar zurück.

»Heb das noch eine Weile auf«, sage ich.

»Will Schelski was damit«, fragt sie mit der messerscharfen Logik der Krimileserin. Dagmar ist eine gefürchtete Krimileserin. Sie schmückt unsere Fälle gerne mit Erkenntnissen aus ihrer Lektüre aus. Das ist für die Recherchen natürlich wenig hilfreich. Sie verwickelt uns in Gespräche über die laufenden Sachen. Ihre Neugier ist grenzenlos, und wenn man sie loswerden will, ist es am besten, man gibt ihr ein kleines Informationshäppchen.

Ich schlage die Mappe auf, zeige auf die Fotos, auf Erika: »Diese Frau ist tot«, sage ich.

»Hab ich mir doch gedacht«, sagt Dagmar. Und dann zeigt sie auf den Mann neben Erika: »Und dieser Mann hat mit ihrem Tod zu tun.«

»Das jedenfalls denkt Schelski«, sage ich.

»Und wer ist der Mann?«

»Das wüßte ich auch gerne«, sage ich wahrheitsgemäß.

4

Ich soll einen untergetauchten Mann finden. Es geht um Unterhaltszahlung. Einer aus dem Osten. Die sind nach der Vereinigung massenhaft abgetaucht. Umgezogen, verschwunden. Kein Geld mehr an die Frau. Diese mit dem Kind. Ohne Arbeit.

Zuletzt hat er in Neukölln gewohnt. Ich fahre hin. Emser Straße. Kleine-Leute-Welt. Hausmeister, besoffen. Erinnert sich an nichts. Da hilft auch kein weiteres Bier. Muß wiederkommen. Früher am Tag. Bevor er sich die Droge holt.

Für heute reicht's.

Als ich nach Hause komme, ist Lotte, meine Frau, bereits da. Sie arbeitet als Deutsch- und Englischlehrerin an einer Oberschule im Berliner Süden. Die Augenblicke, in denen wir uns unverhofft im Flur begegnen, sind eher selten. Durch unsere Arbeitszeiten, die sich kaum aufeinander abstimmen lassen, beschränkt sich die Gemeinsamkeit auf das Wochenende, falls ich nicht auch am Wochenende unterwegs bin. Wie letzten Monat, als ich dem Typen nach Slubice folgte, über die Oder, hinter Frankfurt. Es ging um Raubkopien. Videos und CDs. Der Fall ist noch nicht abgeschlossen. Ich sollte herausfinden, wer die Kontaktperson drüben ist. Den Rest übernimmt eine polnische Detektei. Und ich werde wohl kaum erfahren, wie die Sache ausgeht. Wenn es nicht mehr mein Job ist, geht mich das Weitere nichts an. Kenn ich von früher.

Lotte und ich, daheim. Es gibt einiges abzuklären. Häusliches. Dann folgen die Nachrichten über die Kinder. Auf Lotte ist Verlaß. Ich habe ihr manches zu verdanken. Die ganze Auswanderung. Ohne sie wäre die Sache viel schwerer zu machen gewesen. Hätte es aber ohne sie eine Auswanderung gegeben? Ich streiche diese Frage. Als Siebenbürger Sächsin hatte Lotte den Anspruch auf den Aussiedlerstatus, und durch sie die Kinder und ich auch. Obwohl ich ja Rumäne bin. Waschechter Rumäne. Aus Brăila. Die Deutschen sind eine familienfreundliche Nation.

Ich lese auch heute noch, in Deutschland, die rumänische Sportzeitung. Hole sie vom Kiosk am Ostbahnhof. Mein Fußballclub ist derselbe geblieben. Das nennt man Heimatgefühl. Obwohl ich seit unserer Ausreise nicht mehr in Rumänien gewesen bin. Die jungen Spieler kenne ich gar nicht mehr. Und rumänisch spreche ich kaum. Ich habe kaum Gelegenheit dazu. In den ersten Jahren habe ich zwar ein Dolmetscherdiplom gemacht, habe fürs Gericht übersetzt. Aber es war kein Vergnügen, sich mit all den kriminellen Zigeunern zu unterhalten, die den Ruf unseres Volkes im Ausland schädigen. In Wien sollen sie sogar die Schwäne aus dem Belvedere-Park geschlachtet und aufgefressen haben, diese Halunken.

Ja, ich weiß. In Deutschland darf man nicht Zigeuner sagen. Sinti und Roma sagt man hier. Als wäre dadurch das Problem gelöst. Alles wird zur Sprachregelung, und alle beteiligen sich an dieser Sprachregelung. Habe ich irgendwo gelesen. Aber bestimmt nicht in bezug auf die Zigeuner. Mich schert die Sprachregelung den Teufel. Ich bin schließlich kein Deutscher. Ich kenne das Zigeunerproblem.

Das Dolmetschen habe ich aufgegeben. Lieber verzichte ich auf das Rumänische, als es von diesen Taschen- und Tagedieben zu hören. Ich spreche es nur noch, wenn ich mit meinem Tantchen in Brăila telefoniere, mit Chira.

Anfangs habe ich mit dem Telefonieren gezögert. Die hören doch ab, dachte ich mir. Die können es doch nicht lassen. Daran ändert doch auch keine Revolution was. Aber mein verwestlichtes Hirn hat kurz abgewunken.

Chira hat eine zu schöne rumänische Frauenstimme. Sie redet von den rumänischen Alltagssorgen, vom Chaos der Wende. Ich höre zu und frage nach. Chira ist die rumänische Frau, die mir fehlt.

Ich sehe die Disteln meiner Kindheit im Sturm treiben, weg, zum Horizont, aus der Welt hinaus.

Und dann schreibt mir mein Neffe. Ein guter Junge.

Meine Kinder sprechen deutsch. Sie weigern sich, rumänisch zu sprechen. Und Lotte legt keinen Wert darauf. Das ist ihre kleine Rache. In Rumänien haben wir zu Hause nur rumänisch gesprochen. Jetzt rächt sie sich dafür. Jetzt muß ich deutsch sprechen.

Nicht, daß ich es nicht könnte. Ich habe es in der Schule gelernt und danach zügig verbessert. Ich hatte immer schon ein Talent für diese Sprache. Nicht ein Faible, ein Talent.

Wir reden noch eine Weile über die Kinder. Als hätten wir uns sonst nichts zu sagen. Als wollten wir nichts Schlimmeres anfangen. Die Kinder. Auch das ist so eine Redensart. Lena ist zweiundzwanzig und Christian zwanzig. Beide so gut wie erwachsen. Aber sie stehen noch nicht auf eigenen Füßen. Noch nicht im wirklichen Leben. Haben noch nicht einmal einen ernsthaften Job. Und trotzdem sind sie so gut wie erwachsen.

Aber das können wir uns nicht eingestehen. Unser ganzes Leben, unser Zusammenleben hatte so viel mit ihnen zu tun, daß unsere Sorge einfach weitergehen muß. Was sollen wir sonst tun? Was wäre der Sinn unseres Arbeitens ohne diese Kinder?

Lena ist schon vor zwei Jahren ausgezogen. Sie lebt in einer WG in Kreuzberg. WG. Auch das mußte ich noch erleben. Ich war dagegen, bin wütend durchs Haus gerannt. Habe ihr ins Gewissen geredet. Aber Lotte hat sich mit ihr verbündet, und Lotte hat gesagt: »Laß das Kind.« Und sie hat gesagt: »Wir sind jetzt in Deutschland.« Und sie hat mich angesehen. Und ich wußte, was sie dachte. Sie dachte, wir sind in Deutschland, nicht in deinem hinterwäldlerischen Rumänien. In deinem dreckigen Brăila. Das war sie, die Sächsin, in ihrem Deutschland. Die Tochter aber nickte nur und ging. Und im Rausgehen sagte sie langsam: »Du bist lächerlich.« Und sie meinte mich. »Du kannst ja zurückgehen, in dein wohlgeordnetes Rumänien, wenn es dir hier nicht paßt. Dort kannst du den Frauen ihr Leben vorschreiben. Vielleicht bist du dann glücklich.« »Aber Lena«, sagte Lotte beschwichtigend.

Lena studiert an der FU. Psychologie und Theaterwissenschaften. Vielleicht wendet sie sich ja doch noch den Stücken von Caragiale zu, denke ich mir manchmal. Ich bin unverbesserlich. Mit Blindheit geschlagen wie jeder Rumäne, der seinen heimlichen Stolz bewahrt hat. Der seine Hoffnung nicht aufgeben kann, daß doch noch alles wieder gut wird mit unserem leidgeprüften Volk. Unser großer Caragiale. Über ihn sind die Meinungen in Rumänien ja geteilt. Ich schätze ihn. Auch als Vorläufer unseres großen Ionescu. Oder Ionesco, wie man im Westen sagt. Ohne Caragiale gäbe es diesen Ionescu nicht, jedenfalls nicht als Ionesco. Außerdem hat Caragiale diese Heuchler und Demagogen, diese Betrüger und Lügner, die den Volkskörper ausgesaugt und ruiniert haben, entlarvt. Er war ein mutiger Mann. Hat sich schließlich vor der Ignoranz der ganzen Meute nach Berlin zurückgezogen. Ist da auch gestorben. Ich habe die Hoffnung noch nicht aufgegeben, daß Lena sich doch noch mit ihm beschäftigen wird. Diese Hoffnung gründet auf nichts, aber ich habe sie. Lena ist schließlich meine Tochter. Etwas muß sie doch auch von mir haben.

Christian ist seit einem Jahr weg. Nach dem Abitur wollte er reisen. Er ist dann aber doch in Frankfurt hängengeblieben. Will sich dort umsehen, wegen eines Studiums. Diese jungen Leute! Müssen immer erst abwägen, sich ausprobieren. Im Grunde wissen sie doch nicht, was sie wollen. Saftlose Gesellschaft! Außerdem, sagte mir

Lotte ganz stolz, mache er erste Schreibversuche. Schreibversuche! »Was, will er Schriftsteller werden? Was die taugen, weiß ich«, sagte ich, und Lotte lächelte milde. Als erinnere sie sich an vergangene Zeiten, da wir noch studierten, in Bukarest, und diese Schriftsteller kannten, Richartz und Martin. »Ein Taugenichts ist er«, sagte ich erregt, »und ein Tunichtgut will er werden.« »Du schätzt doch Richartz«, erwiderte Lotte. »Ja, aber wegen seiner Rumänien-Analysen«, sagte ich, »und nicht wegen seines Lebenswandels.« Ich schwieg. Die Vergangenheit sollte ruhen. Ich schwieg, und Lotte schickte Geld an den Sohn, und dieser schickte ihr seine Schreibversuche als Quittungen sozusagen. War aber nichts fürs Finanzamt dabei. Nicht genug damit, daß ich Privatdetektiv bin, mein Sohn will jetzt auch noch Schriftsteller werden. Und das in Frankfurt. Eigentlich ist der doch nur wegen seiner Freundin dort. Und die studiert ja wenigstens was Sinnvolles. Jura. Was die an dem Kerl gefunden hat? Der träumt doch nur.

Zu meiner Zeit, in Bukarest, da hätte man mal so kommen sollen! Danach, sagt er, soll's zum Zivildienst gehen. Er verweigert natürlich. Seine Mutter ist mächtig stolz darauf.

Verweigern! Was diese Deutschen sich alles ausdenken! Und das alles nur, weil sie zwei Weltkriege verloren haben. Wahrscheinlich haben sie bloß Angst, sie könnten auch den dritten verlieren.

Soll er verweigern. Bei uns in Rumänien hätte ich eine Meinung dazu, hier ist es mir egal. Verbünden sich sowieso alle drei immer gegen mich. Sie, die Mutter, der Sohn und die Tochter. Gegen mich, den Rumänen. Sie glauben, sie sind gute Deutsche, richtige Deutsche, wenn sie alle Dummheiten der Einheimischen so gut wie möglich nachmachen. Aussiedler-Blödsinn! Dagegen bin ich gefeit.

Ich habe das Problem nicht. Ich bin mit Haut und Haaren Ausländer, nichts als ein verdammter Ausländer, und ich werde von den Einheimischen geschätzt, weil ich was von meinem Job verstehe. Obwohl ich Ausländer bin.

Wir reden also noch eine Weile von den Kindern: Christian hat angerufen. Wahrscheinlich ist ihm das Geld ausgegangen. Davon sagt Lotte natürlich kein Wort, aber ich weiß es, ich weiß es eben. Lottes Bericht plätschert vor sich hin, die reinste Schönredner-Parade. Ich muß mir alles in die Realität übersetzen, ihre Kosmetik mit Leben füllen. Darin kenne ich mich aus. Der Katastrophe ins Auge sehen. Ich weiß, wie man's macht, ja.

Mit Lena habe sie am Nachmittag in der Bergmannstraße einen wunderbaren Kaffee getrunken, bei dem Amerikaner.

»Lena hat ein neues Piercing«, sagt Lotte. »Einen Nabelring«, sagt sie. »Sieht wirklich toll aus.«

Lotte redet in einem Ton, als würde sie selber gern einen Nabelring tragen. Ich sehe sie an, sage nichts. Gut, daß es kein Nasenring ist, denke ich mir. Die laufen jetzt alle mit Ringen in der Nase rum, wie die Negerinnen. Abendland, daß ich nicht lache. Dieses ganze Christentum ist den Bach runter. Die einzige, die standhaft bleibt, ist die Ostkirche. Die Orthodoxie. Sie allein kennt noch die wahren Werte. Beweist es auch. Sie lehnt die Homosexualität ab. Vor zwei Jahren gab es diesen Eklat in Bukarest. Stand alles in der Zeitung. Hätte ich Lena zeigen sollen. Wie die Theologie-Studenten auf die Straße gegangen sind. Europa hat auf der Straffreiheit für die Homos bestanden, und die rumänischen Scheißpolitiker haben den Schwanz eingezogen. Freiheit für Homos, als ob das die Probleme wären. All dieser Quatsch um die Minderheitenrechte, die Neger, die Homos und die einbeinigen Sportler. So geht Europa vor die Hunde, und alle machen dabei mit. Alle, außer der Orthodoxie!

Nein, in Rumänien wären meine Kinder anders. Sie wären Rumänen. Jetzt habe ich deutsche Kinder. Das ist der Preis für den Weggang. Ein hoher Preis, denke ich mir manchmal.

Lotte stellt eine Flasche Rotwein auf den Tisch. Wenn wir uns abends treffen, trinken wir meist eine Flasche Rotwein zusammen. Wie früher in Bukarest.

Sie wechselt das Thema. Füllt die Gläser, randvoll, und plötzlich sagt sie: »Ich habe gestern Onescu gesehen.«

»Onescu«, sage ich, »bist du dir sicher?«

Schlagartig wußte ich wieder, wer der Mann auf den Fotos mit Erika war. Onescu.

Ich hatte ihn tatsächlich vergessen.

5

Es vergehen ein paar banale Tage. Ich ziehe durch die Stadt, mehr als mir lieb ist. Mal mit Grund, mal ohne. Ich suche Leute, oder folge ihnen auf dem Fuß. Mein Beruf hat mich aufgefressen.

Manchmal geht es automatisch. Jemand fällt mir aus irgendeinem Grund auf, durch sein Aussehen, durch eine besondere Geste, und schon folge ich ihm, schon versuche ich, etwas über ihn zu erfahren, schon bin ich auf ihn angesetzt. Manchmal merke ich es gar nicht mehr. Unversehens wird die Welt zum Fall.

Ich laufe durch die Stadt. Mit und ohne Grund laufe ich durch die Stadt. Trinke irgendwo einen Kaffee. Sitze da und trinke einen Kaffee. Gedankenverloren.

Der Tod von Erika läßt mich nicht los.

Nein, Schelski kann ich in dieser Sache nicht helfen. Ich kann nichts für ihn tun, ohne meine Vergangenheit aufzudecken. Ich riskiere meinen Job, und, wer weiß, vielleicht auch mehr. Obwohl, sage ich mir, du bist im Westen. Da verjährt die Tat, bevor du sie begehst. Das ist nämlich der Rechtsstaat, Freiheit für den Täter. Ich müßte etwas für Erika tun. Für Erika? Warum?

»Was für ein Zufall«, sagt der Mann neben mir. Er spricht mit starkem ausländischen Akzent. Ich drehe mich zu ihm um.

»Ce surpriză«, wiederholt er jetzt auf rumänisch.

Es ist Onescu.

»Seit wann glaubst du an Zufälle«, frage ich.

»An etwas muß der Mensch ja glauben«, erwidert Onescu.

»Meinst du?« Ich frage es, um etwas zu sagen. Um

meine Unsicherheit zu verbergen. Um Zeit zu gewinnen, stelle ich sinnlose Fragen. Wie ich es gelernt habe.

»Wer nicht glaubt, ist nicht glücklich«, verkündet Onescu.

»Was willst du«, sage ich schnell.

»Nichts«, Onescu blickt in seine Kaffeetasse. »Bloß der Zufall.«

»Ich bin nicht gekommen, um dich nach deiner Gesundheit zu fragen«, fügt er hinzu, »obwohl du es verdienst, und eigentlich sollte dich schon längst jemand nach deiner Gesundheit gefragt haben.«

Er blickt mich mit kaltem Lächeln an, aber damit kann er mich nicht einschüchtern.

»Ihr habt verloren«, sage ich und lächle ebenfalls.

»Haben wir verloren«, fragt er.

»Einen Kognak!« ruft er der Barfrau zu.

»Ich denke schon, daß ihr verloren habt.«

»Und du«, sagt er, »wie geht es der Familie?«

»Ich dachte, du hast nicht die Absicht, mich nach meiner Gesundheit zu fragen.«

Er legt beschwichtigend die Hand auf meine Schulter, nimmt sie sofort wieder weg.

»Was machst du hier«, frage ich.

»Reisen!« Onescu breitet die Arme aus. »Früher gab's doch kaum Gelegenheit dazu. Ich profitiere von der Öffnung der Grenzen. Das Jahr neunundachtzig hat auch uns Sicherheitsoffizieren die Reisefreiheit gebracht.«

Onescu lacht schallend: »Reisen ist nicht mehr allein das Privileg der Verräter.«

Er blickt mich scharf an, dann ist er wieder locker.

Ja, denke ich mir. Das hat mir noch gefehlt: Der Fall der Mauer. Jetzt sitzt Onescu neben mir.

»Was hast du mit Erika gemacht«, frage ich übergangslos.

»Soso, Erika. Sieh mal an, was den Dino so beschäftigt.« Er betont das O in Dino.

»Ich habe dich mit ihr gesehen«, sage ich und lege im

gleichen Augenblick das Foto auf den Tisch. Das Terrassenfoto.

Onescu läßt sich nichts anmerken.

»Gutes Foto«, sagt er. »Kleiner Fehler von mir. Faustregel: Setz dich nie mit deiner Verbindung auf eine Terrasse.« Er zuckt mit den Achseln. »Auch wir werden alt.«

Onescu sagt jedes Mal wir, auch wenn er von sich selber spricht. Er ist immer noch Teil der Organisation, denke ich mir. In jeder Lebenslage. Er hat's im Blut.

»Was hast du mit ihr gemacht«, frage ich.

»Wir hatten ein paar schöne Tage«, sagt er und nippt an seinem Kognakglas.

»Sie ist tot«, sage ich.

»Hab's gehört. Stand in den Zeitungen.«

»Was war mit Erika«, frage ich.

»Du bist neugierig.«

Ich sehe ihn an und weiß, er wird mir nie ein Wort verraten. Aber ich lasse nicht los.

»Was war mit ihr?«

Er blickt mich schalkhaft an.

»Sie hat für uns gearbeitet«, sagt er.

»Aber«, sage ich.

Er fällt mir ins Wort: »Du willst sagen«, sagt er, »daß du dich anders erinnerst. Vielleicht irrst du dich, Alter. Vielleicht ist die Wahrheit eine ganz andere und deine Variante eine Lüge. Oder eine Seifenblase.«

»Aber«, wiederhole ich, und er fällt mir wieder ins Wort, als wolle er das, was ich gerade sagen will, gar nicht hören.

»Du warst da, um sie zu decken. So war das damals. Du warst dazu abgestellt. Sie brauchte schließlich eine Legende für ihre Ausreise«, sagt Onescu.

»Aber sie hatte doch mit den Dissidenten zu tun, und sie ließ trotz aller Warnungen nicht davon ab. Sie schlief doch mit diesem Kerl, der uns so viele Schwierigkeiten gemacht hat, wie hieß er doch gleich.« Der Name fiel mir partout nicht ein. »Der Dissi, natürlich. Richartz.«

»Ja«, sagt Onescu und lacht laut. »Das hat sie. Und sie sollte auch weiterhin mit ihnen zu tun haben. Im tollen Westen«, betonte er. »Sie sollte sich um sie kümmern. Bißchen heimatlichen Trost kann man in der Emigration immer gebrauchen.«

»Ja, aber«, sage ich.

»Du bist naiv«, sagt Onescu, »du hast alles verlernt.«

»Aber sie ist tot«, sage ich.

»Damit haben wir nichts zu tun«, sagt Onescu. Das »wir« ist wieder da.

»Să mor eu. Sterben soll ich, wenn wir was damit zu tun haben.«

Ich winke ab. Verschone mich mit dem südrumänischen Geplärre, denke ich mir. Ich, als Donaumensch, kenne diese Beteuerungssucht zur Genüge. Sie ist zigeunerhaft. Osmanisch. Wie du willst. Sie ist ekelhaft.

»Das waren die Russen«, sagt er.

»Die Russen«, sage ich.

»Ja, die Russen«, sagt Onescu.

»Die Russen waren immer schon eine gute Erklärung für alles.«

»Du redest wie ein Deutscher«, sagt Onescu. »Hältst du die Russen jetzt auch schon für harmlos? Es ist eine Schande für einen Rumänen, die Russen für harmlos zu halten. Denk an die Schlangeninsel. Ich sage dir: Die Russen haben sie in die Spree geworfen. Schade um Erika. Aber sie hat ja nicht gehört.« Onescu beginnt zu sinnieren.

»Jetzt, nach der Revolution«, murmelt er, »kennen alle nur noch das Geschäft. Alle sind Geschäftsleute. Sehe ich nicht wie ein Geschäftsmann aus?«

Onescu lacht.

Ich sage nichts. Denke mir: Wer weiß, was das wieder für eine Diversion ist. Menschen wie Onescu können nur noch erfinden. Die Realität hat sich längst von ihnen verabschiedet.

»Sie hat sich mit den Russen eingelassen«, sagt Onescu.

»Das glaube ich dir nicht«, sage ich.

»Glaub, was du willst«, sagt Onescu ärgerlich, »und versuch mal deinem Kommissar von mir zu erzählen.« Er zeigt mit einer Drohgebärde auf das Foto mit Erika.

»Wir haben nämlich deine Akte. Vielleicht weißt du's ja: In Rumänien sind die Akten geschlossen. Wir brauchen sie noch. Nix Gauck-Behörde. Erinnerst du dich an deine Akte, vorbildlicher Offizier?«

Ich sage nichts, stecke das Foto wieder ein.

»Das Foto kannte ich bereits«, sagt Onescu. »Übrigens, ich habe deine Lotte gesehen. Das Leben ist voller Zufälle. Sieht gut aus, deine Sächsin. Kocht sie immer noch so gut?«

Jetzt reicht es, denke ich mir.

»Zahlen«, rufe ich. Werfe den Schein auf die Theke, schwinge mich vom Hocker.

»Wir sehen uns«, ruft mir Onescu wie einem alten Bekannten nach. Er ruft es auf deutsch.

6

Zwischen mir und Lotte ist es nicht anders als früher. Sie fragt nicht nach meinem Job. Wir wahren wie damals das Dienstgeheimnis. Von ihrer Arbeit in der Schule dagegen erzählt sie oft und gerne. Das war auch in Bukarest so. Dabei habe ich jetzt gar kein richtiges Dienstgeheimnis mehr. Aber wir rühren nicht an dieser Frage. Es ist, als ob wir in dem Augenblick, wo es kein Dienstgeheimnis mehr gäbe, auch über die Vergangenheit reden müßten. Als wäre das Dienstgeheimnis damit rückwirkend aufgehoben. Wir reden nicht darüber. Ist besser so. Denke ich jedenfalls.

»Es ist Post da von deinem Neffen, eine Büchersendung.«

Mit meinem Neffen korrespondiere ich seit der Wende. Er hat sein Bakkalaureat gemacht, studiert Geschichte. Versorgt mich mit den Neuerscheinungen zu politischen und historischen Fragen. Hatte sich nach der Revolution bei mir gemeldet.

»Jetzt, wo alles vorbei ist, kann ich dir endlich schreiben«, stand in seinem ersten Brief. »Die Kommunisten sind endlich weg, jetzt kann ich Geschichte studieren.«

Ich öffne das Päckchen. Es enthält ein Buch zur Mentalität der Siebenbürger Rumänen. Die Siebenbürgenfrage ist hochaktuell. Es gibt politische Fragen, die bestehen jenseits von allen Ideologien. Es sind Überlebensfragen einer Nation. So auch die Siebenbürgenfrage. Nach der Revolution haben die Ungarn gedacht, sie hätten eine wunderbare Gelegenheit, ihre sogenannte Autonomie durchzusetzen. Autonomie, daß ich nicht lache. Ihren Separatismus! Kenn ich alles gut. Damit hatten wir schließlich schon in den Achtzigern zu kämpfen.

Manche sagen ja, es sei eine Diversion von Ceauşescu gewesen, nachdem ihm das Feindbild Sowjetunion wegen Gorbis Kosmetikabteilung abhanden gekommen war. Wenn einer, nach achtundsechzig, das Maul aufmachte, hieß es: die Russen kommen! Und in den Achtzigern, als manche schon nach den Russen riefen, weil sie unseren Schustergesellen und die eiserne Fotze an seiner Seite satt hatten, wurde gesagt: die Ungarn holen sich Siebenbürgen zurück. Und schon war Ruhe in der Schafskopf-Hütte. Richartz hat darüber sogar einen Aufsatz veröffentlicht. Habe ich natürlich gelesen. Er behauptet darin, Ceauşescu habe das Feindbild Ungarn während der Perestroika als Ersatz für die Russen gebraucht. Hat der große Chef in der Tat ausgenützt, aber das Problem ist real. Man kann Diversionen nur aus echten Fragen heraus konstruieren. Soviel habe ich gelernt. Richartz' These verdeutlicht die Grenzen des Dissidenten. Ihm fehlt die Erfahrung der anderen Seite. Ein bißchen Kollaboration hätte die Gedanken realistischer gemacht. Der Dissident ist zur Einseitigkeit verurteilt.

Ich höre Lotte in der Küche herumhantieren. Gehe zu ihr.

»Ich geh schlafen«, sagt sie, als sie mich in der Tür stehen sieht. »Morgen muß ich früh raus. Hausarbeiten.«

»Ich will mir noch das Buch von Horia ansehen«, sage ich. Und dann fällt mir noch was ein: »Übrigens, wo sind denn unsere alten Fotos?«

»Du meinst die aus Rumänien«, sagt Lotte. »In der Kommode drüben, unterste Schublade. Hat dich die Nostalgie gepackt?«

»Vielleicht.«

Ich gebe ihr einen Kuß, und sie verschwindet ins Schlafzimmer.

Ich lege Horias Buch weg. Will mir die Fotos ansehen. Sie liegen in der unteren Schublade der alten Kommode. Es ist ein siebenbürgischer Schrank. Aus Lottes Familie. War nicht leicht, ihn damals bei der Ausreise mitzunehmen. Ein paar Bestechungen machten es möglich. Die Fotos liegen in Alben, von Lotte übersichtlich geordnet.

Der Ordnungssinn der Lehrerin macht sich in allem bemerkbar. Deutsche Ordnung, haben wir früher in Rumänien gesagt. Man konnte es bis zu den Begräbnissen hin beobachten. Die Deutschen in den siebenbürgischen Dörfern schritten diszipliniert in Reihen hinter dem Sarg her, die Rumänen liefen wie ein ungeordneter Haufen zum Friedhof. So sind die Rumänen: ein ungeordneter Haufen. Ein sympathischer ungeordneter Haufen, über den die Geschichte hinweggeht.

Ich setze mich zurück in den Sessel. Schlage das erste Album auf. Die Fotos sind chronologisch geordnet. Ich hatte vergessen, auf dem Deckblatt nachzusehen. Tatsächlich, da steht Kindheit. Lotte. Dinu. Unsere separaten Kindheiten. Dann kommt das Album mit unseren separaten Jugendzeiten. Und dann kommt unsere gemeinsame Zeit. Sie beginnt mit einem Foto, auf dem wir alle drei zu sehen sind. Lotte, Erika und ich. Es ist der wahre Beginn. Die Deutsch-Olympiade in Hermannstadt. Olympiade, was für eine Übertreibung! Das war der Kommunismus, ein Fest der Übertreibungen. In Hermannstadt haben wir uns zum ersten Mal getroffen. Beim Aufsatzwettbewerb. Lotte lebte in Hermannstadt. Erika kam aus Temeswar und ich aus Bukarest.

Ich habe Erika zur gleichen Zeit kennengelernt wie Lotte. Hier beim Aufsatzschreiben begann auch die Freundschaft zwischen Lotte und Erika. Auf der Abschlußparty feierten wir zu dritt. Wir tanzten und tranken und küßten uns alle drei, und dabei blieb es auch, weil keiner sich entscheiden wollte.

Lotte und ich haben uns bei der Aufnahmeprüfung an der Bukarester Germanistik wiedergesehen. Nach der letzten Prüfung sind wir zusammen ins Kino gegangen. Es war ein Film von Antonioni und für Lotte etwas Neues. Bukarest war eben mehr als Hermannstadt. Für mich war es schon der dritte Antonioni. Die italienischen Filme zogen mich an. Und ich wußte auch einiges über den Regisseur zu sagen. Nachher, im »Carul cu bere«, der traditionellen Alt-Bukarester Bierschwemme.

Ich brachte Lotte nach Hause. Sie wohnte bei einer Bukarester Bekannten der Familie. Vor dem Hauseingang küßten wir uns.

Nach den Prüfungen, die wir beide gut bestanden haben, trafen wir uns am Meer. Ich sollte die Touristen rumführen, sie auf die uralte Geschichte unseres Landes aufmerksam machen. Wir waren von einem Tourismusfunktionär entsprechend angeleitet worden. Lotte hatte sich bei einer tatarischen Bauernfamilie eingemietet. Am Meer schliefen wir zum ersten Mal miteinander. Am Schwarzen Meer. Wie lange waren wir jetzt nicht mehr dort?

Seit unserer Auswanderung. Seit dem Sommer davor. Wir sind abends, wenn ich meine Touristen los war, zum Strand gelaufen, weit weg von den Hotels, von der Siedlung. Wir haben uns nackt ausgezogen und sind ins Meer gerannt. Dort, im Wasser, haben wir uns überall berührt. Wir haben uns auf dem Sand geliebt. Dann sind wir wieder ins Wasser gerannt. Übermütig. Wie aus Verlegenheit.

Ich erinnere mich genau. Und da sind auch die Fotos dazu. Ich hatte einen Fotoapparat mit. Von meinem Onkel geliehen. Hat er mir als Belohnung für die erfolgreich bestandene Aufnahmeprüfung gegeben.

Mein Onkel betrieb einen kleinen Fotoladen in Brăila. Mit Hochzeits- und Kinderfotos im Schaufenster. Der Fotoladen hatte früher seinem Vater gehört. Jetzt wurde er von der Genossenschaft verwaltet. Auch der Fotoapparat, den er mir mitgegeben hatte, gehörte eigentlich der Genossenschaft. Mein Onkel war nur ein Angestellter. Aber wer nahm das so genau? Wenn er von dem Fotoladen redete, redete er von seinem Laden. Irgendwie hätte er ihm ja auch gehört, wären nicht die Kommunisten gekommen.

Über die Kommunisten war man in meiner Familie geteilter Meinung. In der Familie meiner Mutter – Onkel Anghel war der Bruder meiner Mutter – hatte man durch die kommunistische Machtübernahme einiges verloren. Entsprechend war die Meinung. Die Familie meines Vaters hingegen hatte aus Habenichtsen bestanden. Sie waren durch die Kommunisten etwas geworden.

Den Großvater hatte man 1947 vom Viehtreiber zum Dorfbürgermeister in der Balta Brăilei gemacht. Er war Analphabet, aber dagegen wußte die Partei ein Mittel. Einen Vierwochenkurs in Lesen und Schreiben. Alphabetisierung wurde das genannt. »Zum Unterschreiben reicht es«, sagte einer der Aktivisten nachher und lachte schallend. Für den Rest ist ohnehin die Sekretärin zuständig, das Fräulein Sowieso, Tochter des inhaftierten Landarztes, der bei den Legionären ein hohes Tier gewesen sein soll, bei den Faschisten.

Jetzt mußte das Fräulein selber arbeiten. Ein bißchen von der Schande der Ausbeuterklasse abarbeiten. Sie hatte am Ende der vierziger Jahre zwei Möglichkeiten. Einen Mann mit gesunder sozialer Herkunft zu finden oder für ihre Klasse mitzubüßen. Am Donau-Schwarzmeer-Kanal, wo bald der erste Spatenstich stattfinden wird. Wie hatten die Deutschen es formuliert? Richtig, Arbeit macht frei. So hatten sie es formuliert. Auch die Bolschewiken wußten diese Erkenntnis zu schätzen.

Das Fräulein hat es sich gut überlegt. Sie hat den Sohn des Viehtreiberbürgermeisters geheiratet und ist meine Mutter geworden. Wegen dieser Heirat sollte meine Familie noch einige politische Probleme in den fünfziger Jahren haben. Wegen ihr soll mein Viehtreibergroßvater sein Bürgermeisteramt 1957 verloren haben. Behauptete er später jedenfalls.

Ich glaube, er hat diesen Posten eher wegen seines Analphabetentums verloren. Es kam halt die Zeit, wo man als Bürgermeister doch mehr können sollte als unterschreiben. Sogar bei den Kommunisten.

Mein Großvater hatte übrigens eine sehr beeindrukkende Unterschrift. Ein wahres Kunstwerk. Ich frage mich, wie er das hingekriegt hat. Analphabeten können das. Auch Ceauşescu hatte eine sehenswerte. Meine dagegen ist mickrig. Einfach mickrig.

Mein Großvater hat also seinen Bürgermeisterposten verloren, aber man hat ihn dafür zum Parteisekretär gemacht. Schickte ihn mal zu diesem Kurs, mal zu jenem Lehrgang, und irgendwann konnte er nicht nur reden, nicht nur das Parteilatein runterrasseln, sondern auch schreiben. Mein Großvater hat von der Partei lesen und schreiben gelernt. Ohne die Partei wäre er zeitlebens Viehtreiber geblieben. Und ohne die Partei hätte mein Vater nie das Fräulein zur Frau bekommen, und das Fräulein wäre auch nie Sekretärin beim Volksrat geworden.

Ich weiß nicht wieso, aber das Fräulein, diese Legionärstochter, überlebte alle politischen Kampagnen. Sie wurde immer wieder überprüft, sagte sich wahrscheinlich tausendfach los von ihrer Klasse, von ihrer Familie und ihrem Vater, von ihrem Hofhund und von ihrem Kindermädchen. Sie hatte jede Verbindung zu den Überlebenden ihrer Ausbeuterfamilie eingestellt. Ihr Vater, der Legionärslandarzt, der Eisengardist, kehrte sowieso nie wieder zurück. Seine Gebeine faulen irgendwo in Ocna, im Salzbergwerk. Er scheint 1953 im Gefängnis gestorben zu sein. Die Familie ist über seinen Tod niemals benachrichtigt worden.

»Je toter, um so besser«, war der Kommentar meines Parteigroßvaters dazu. Aber der Schatten dieses ganz anderen, dieses Eisengardistengroßvaters von Landarzt, folgte mir, verfolgte mich in meinen Akten. Noch in den frühen Achtzigern mußte ich bei der Personalüberprüfung Fragen nach ihm beantworten. Ich konnte wahrheitsgemäß sagen: Ich habe ihn nicht gekannt, ich weiß nichts über ihn, meine Mutter hat nie was von ihm erzählt. Erst in den späten sechziger Jahren, nachdem sich die Gefängnisse geleert hatten, nahm sie den Kontakt zu ihrem Bruder in Brăila wieder auf, Onkel Anghel.

Heute denke ich, daß ich von ihm, dem Legionärsgroßvater, den das Schicksal unseres Volkes mir vorenthalten hat, die nationale Ader geerbt habe. Das Blut ist eben stärker als das politische System. Mindestens auf dem Balkan ist es so.

»Wir haben dich gerettet«, sagte mein Großvater manchmal zu meiner Mutter. Wenn er was getrunken hatte und es gerade wieder einmal eine Meinungsverschiedenheit gab. »Du verdankst uns dein Leben. Wir hatten deswegen Probleme mit der Partei«, dozierte er, »aber in unserer Familie hält man zusammen. Unsere Familie läßt keines ihrer Mitglieder im Stich.«

Es war seine Viehtreiberphilosophie.

Meine Mutter sagte in solchen Situationen nichts. Sie verließ unauffällig den Raum, und man sprach über etwas anderes.

Meine Mutter ist früh gestorben. In den Achtzigern. An einem Herzinfarkt. Über ihre letzten Lebensjahre weiß ich nichts. Ich war damals schon in Deutschland. Mein Vater hat nach dem Tod meiner Mutter das Dorf verlassen. Er, der unauffällige Mann dieser meiner Mutter, der pensionierte Agrartechniker, dessen Leben der Großvater gelenkt hatte, verschwand ins Landesinnere, sagt Chira. Niemand weiß, was aus ihm geworden ist.

Ich hatte keinen Kontakt mehr zur Familie. Nach meiner Ausreise wollte ich niemanden mit meiner Existenz belasten. Meine Ausreise kam in allen Personalakten der Verwandten vor. Also war es besser, sie konnten sagen, sie hätten keinen Kontakt zu mir.

Besonders meine beiden Brüder waren in ihrer beruflichen Laufbahn von meiner Ausreise betroffen. Sie werden mich öfter mal verflucht haben. Ist mir egal. Ich mochte sie nicht. Nie. Sind beide so ’ne Art Ingenieure in der Balta Brăilei geworden, bei einem von Ceaușescus größten Agrarprojekten. Weiß nicht, was sie heute machen.

Ich habe von der Verwandtschaft über die ganzen Jahre keinen Ton mehr gehört, bis ich nach der Revolution Chira angerufen habe und mein junger Neffe Horia sich bei mir meldete, der späte Sohn von Onkel Anghel.

Onkel Anghel kannte ich als den sprichwörtlichen Junggesellen. Über ihn gab's in der Familie die einschlägigen Anekdoten zuhauf. Er hatte dann doch noch geheiratet. Eine junge Frau, Chira. Nicht viel älter als ich. Onkel Anghel ist inzwischen tot, Chira hat nochmals geheiratet.

Und dann gibt es immer noch meinen Viehtreibergroßvater. Er ist über neunzig. Läuft in Brăila herum, schreibt mein Neffe, und sagt, die Ausbeuter seien vorübergehend zurückgekehrt, aber die Zeit des Sozialismus werde wiederkommen. Das sei ein Gesetz der Geschichte. Er soll Ehrenvorsitzender einer kommunistischen Partei sein, die seine Freunde gegründet haben. Der ganze Personenkreis, auch mein Großvater, lebt, laut Horias Angaben, von der Vermietung der Immobilie, die sie nach der Revolution als Parteisitz erhalten haben. Es bestehen auf das Haus zwar Restitutionsansprüche, aber mein Großvater habe gesagt, die Ausbeuter sollten nur kommen. Sie sollten es bloß wagen, das Eigentum des Volkes anzutasten. Wahrscheinlich kommt er sich als Heiduck vor, als Rächer der Armen aus der Volksballade. Groza oder Jianu oder so was.

»S-a făcut neamţ«, soll einer meiner Brüder über mich gesagt haben. »Er hat sich zum Deutschen gemacht.« Das ist die Meinung des Familienclans. Und das sagen sie, weil ich mich von ihnen abgewandt habe. Weil ich ihnen durch meine Lebensentscheidung geschadet habe. Sie hatten durch meine Ausreise Nachteile, und sie hatten auch nichts davon, daß ich in Deutschland lebe. Ich bin nach der Revolution nicht nach Rumänien gefahren.

Wahrscheinlich haben sie erwartet, daß ich 1990 in Brăila

mit einem Hilfstransporter auftauche, auf dem »Für die leidende Familie Matache« gestanden hätte. Wir hätten ein großes Fest gefeiert, all die schönen Sachen wären in der Verwandtschaft gerecht verteilt worden, und ich wäre der gute Onkel Dinu gewesen, der nach so vielen Jahren zu den Seinen zurückgefunden hat. Es wäre viel getrunken worden, und die Männer der Familie hätten mich alle umarmt, und damit wären meine Fehltritte verziehen gewesen. Ich wäre wieder unser Dinu gewesen.

Und jetzt würden sie alle vor meiner Tür stehen. Ich könnte eine Herberge eröffnen. Und erst die Ansprüche von denen. Es fehlt ihnen doch immer etwas. Der eine braucht dringend Medikamente gegen Rheuma, der andere Zündkerzen für seinen Motor. Und wer ist dafür zuständig? Der Westonkel. Nein, sagte ich mir. Nicht mit mir. Die rumänische Gastfreundschaft in Ehren, aber kein Zugeständnis beim Mißbrauch.

Ich bin also nicht nach Rumänien gefahren. Ich habe es unterlassen. Im Ernst: Abgehalten hat mich davon meine offene Rechnung mit meinen Genossen von der Staatssicherheit.

Die Securitate ist eine gute Schule. Für Aussteiger. Die Angst vor ihr bewahrt einen vor den größten Dummheiten. Ohne diese Angst wäre ich meine schreckliche Familie und all die Verpflichtungen, die ein solcher Clan mit sich bringt, nie losgeworden.

7

Hier sind die siebenbürgischen Fotos. Wir nannten sie auch früher so. Es sind die Fotos aus den Ferien. Wir fuhren mit den Kindern regelmäßig zu Lottes Großeltern in ein sächsisches Dorf bei Hermannstadt. Es war jedesmal eine schöne Zeit. Wie ein Ausstieg, wie ein Aussetzen.

Es war niemand da, den man aus Bukarest kannte. Am Meer traf man auf Schritt und Tritt Bukarester. Und damit waren die Probleme alle wieder präsent. Am Meer wurde man den Staat nicht los, hier in diesem siebenbürgischen Dorf schon. In Meschendörfers Worten: »Anders rinnt hier die Zeit.«

Wir teilten unseren Urlaub zwischen Siebenbürgen und dem Schwarzen Meer auf. Am Meer mieteten wir uns jedesmal bei der tatarischen Familie ein, bei der Lotte seinerzeit gewohnt hatte. Nach Brăila fuhren wir kaum. Meine Mutter besuchte uns manchmal in Bukarest, meinen Vater zog es mehr zu meinen Brüdern hin, und mit meinem Großvater wollte ich selber nicht allzuviel zu tun haben. Es war einfach peinlich.

Wenn ich es heute überlege, habe ich den Eindruck, daß die Dinge schon damals von Lotte geregelt wurden. Die Familiendinge. Ich war ja zu sehr mit meinem Job beschäftigt und überließ ihr das alles nur zu gerne. So kam es, daß meine Verwandtschaft von Anfang an keine große Rolle für meine Familie spielte, und meine Kinder waren schon in Rumänien mehr Deutsche als Rumänen. Ich hatte ja keine Zeit, mich um das alles zu kümmern, aber, wenn ich es genau bedenke, fehlte mir auch die Überzeugung.

Ich war zwar ein gläubiger Rumäne, aber ich glaubte zu wenig an die Familie. Rechnete zu wenig mit dem Clan. Ließ mich von Anfang an nicht vom Clan instrumentalisieren. Ich verzichtete auch auf den entsprechenden Profit. Man könnte sagen, das hat mit Lotte zu tun, mit meinem Germanistikstudium, mit der Bekanntschaft mit den Dissidenten. Aber wie man es auch dreht und wendet, zuletzt bleibt der entscheidende Faktor doch die Securitate. Sie hat mich von der Familie unabhängig gemacht.

Ich bin zwar aufgrund des Leumunds der Familie zur Securitate gelangt, vor allem durch den Ruf meines Viehtreibergroßvaters, aber durch die Privilegien, die ich als Securitate-Offizier hatte, war ich in den Zeiten der Not, als bald jeder Bukarester seine Lebensmittel von der Verwandtschaft auf dem Lande bezog, nicht auf den Familienclan angewiesen.

Ich brauchte nichts von ihnen, und so konnten sie auch nichts von mir verlangen. Damit hatte ich die balkanische Grundstruktur der Beziehungen durchbrochen, wie Richartz sagen würde, und hatte meine Ruhe.

Der Clan hat mir das nie verziehen. »Nemţoaica l-a tîmpit«, sagten meine Brüder. »Die Deutsche hat ihn verblödet.« Und meine Schwägerinnen sprachen stets von der Hexe, wenn sie Lotte meinten. Nur meine Mutter beteiligte sich nicht an diesen Lästerungen. Sie äußerte aber auch nichts dagegen. Meine Mutter schwieg zu allem. Das Schweigen war ihr Lebensprinzip. Es war das Lebensprinzip der Davongekommenen. Soweit ich mich erinnere, hat sie eine einzige Sache durchgesetzt. Die deutsche Sprache. Sie brachte sie mir im Kindesalter bei und bestand darauf, daß ich aufs deutsche Lyzeum nach Bukarest kam. Das Deutsche war wahrscheinlich eine Reminiszenz an ihre eigene Kindheit, ihre Zeit mit dem Kindermädchen. Und die deutsche Sprache war das einzige, das sie von ihrem bürgerlichen Leben herüberretten konnte. Es war für sie ein Zeichen, und ich hatte dieses Zeichen anzunehmen.

Meine Mutter besuchte uns und tat so, als gäbe es die ganze Problematik nicht. Sie hat auch nie etwas zu meiner Berufswahl gesagt. Eigentlich wußte kaum einer in der Familie, was ich wirklich machte. Offiziell war ich bei einem Institut für soziale Projekte angestellt. Wir sind die einzigen Soziologen im Lande, sagte mein Chef einmal in der Kantine, und alle lachten. Dieses Institut war ein Tarnunternehmen. In der Familie wußte man, ich arbeite irgendwie bei der Securitate.

Wahrscheinlich wußte mein Großvater etwas mehr. Aber der klärte bestimmt niemanden auf. Meine Arbeit war also eher ein Gerücht innerhalb der Familie in Brăila. Die sächsische Verwandtschaft wiederum war ahnungslos. Sie glaubten an meine Übersetzer- und Dolmetschertätigkeit. Sie waren eben Sachsen. Und Lotte hielt dicht. Schließlich hätte sie sich, wenn meine wahre Identität herausgekommen wäre, in ihrer Familie wirklich nicht mehr blicken lassen können. Für die war es schon schlimm genug, daß ich Rumäne war.

So weit war es mit den Siebenbürger Sachsen gekommen. Nach achthundert Jahren in Transsylvanien fingen sie an, Rumänen zu heiraten. Es war der Anfang vom Ende. So einen Spruch aus dem Munde meines Schwiegervaters konnte ich mir gut vorstellen.

Mein Schwiegervater war einer dieser Sachsen, die von der Mission ihres Volkes in Siebenbürgen überzeugt waren. Er war evangelischer Pfarrer und damit nicht nur Seelsorger, sondern auch Hirte der sächsischen Nation. Sollte seine Schäfchen zusammenhalten. Wegen ihm hatte ich sogar einen Auftrag. Er war unangenehm aufgefallen, weil er sich gegen die Auswanderung der Siebenbürger Sachsen ausgesprochen hatte. Er hatte es ganz offen getan, von der Kanzel aus. Er hatte seinen Landsleuten ins Gewissen geredet. Das paßte weder den Sachsen noch der Securitate.

Die meisten Sachsen wollten am Ende der siebziger Jahre weg. Sie hatten keine Lust auf den Balkan-Nationalismus und wollten wegen der Megalomanie der Rumänen nicht hungern. Sie wollten nach Deutschland. Hinauf, wie sie sagten. Die meisten von ihnen hatten Verwandte in der Bundesrepublik. Oben. Schon seit Kriegsende. Als viele der Geflüchteten nicht mehr nach Rumänien zurückkehrten.

Die Securitate war aus zwei Gründen dagegen. Erstens konnte sie keine Aufrührer gebrauchen, keine Polarisierenden, weder so noch so. Jede Kritik forderte heraus. Selbst die Gegner sollten nicht kritisiert werden. Das sorgte nur für Aufruhr. Man war für Ruhe. »Wir brauchen völlige Ruhe«, sagte Săracu, mein Chef.

Aus dem gleichen Grund fand man es auch nicht gut, daß die Dissidenten über die Nazivergangenheit ihrer Landsleute schrieben.

Der zweite Grund für die Securitate war das Auswanderungsproblem selbst. Der Staat war an der Auswanderung der Deutschen interessiert. Schließlich bekam man Devisen dafür. Kopfgeld. Die Deutschen zahlten ja. Und nicht nur der deutsche Staat zahlte. Auch die Leute selber legten noch was drauf. Hohe Schmiergelder, mehrere tausend Mark, um schneller ausreisen zu können. Eine ganze Meute von Partei- und Staatsfunktionären, die halbe regionale Bürokratie lebte von den Bestechungsgeldern, die die Ausreiseprozedur beschleunigen sollten.

Auch wir zahlten all diese Gelder, damit unsere Auswanderung echt wirkte. Ein Onkel von Lotte schickte das Geld. Er lebte seit Kriegsende in Augsburg. War seinerzeit mit der Familie vor den Russen geflüchtet. Aus dem Nösnerland. In Augsburg betrieb er eine KFZ- Werkstatt. Wir haben ihm das Geld später zurückgezahlt.

Die Auswanderung der deutschen Minderheit sollte geregelt verlaufen. Über einen um so längeren Zeitraum, damit man um so mehr Geld von den Deutschen abkassieren konnte. Es sollte keine Panik entstehen, die Leute sollten schön regelmäßig ihre Anträge stellen. Ich wurde beauftragt, gelegentlich mit meinem Schwiegervater über dieses Thema zu sprechen, um herauszubekommen, ob er was Größeres vorhatte, was uns Probleme bereiten konnte.

Ich habe darüber mehrere Berichte geschrieben. Sie wurden abgeheftet, und das war's. Es ist nichts weiter passiert. Man wollte nicht gegen meinen Schwiegervater vorgehen. Das hätte meiner Akte geschadet. So war mein Schwiegervater durch meine bloße Existenz geschützt. Schließlich konnte der Schwiegervater eines Securitate-Offiziers kein Staatsfeind sein. Man behielt ihn im Auge, aber man ging nicht gegen ihn vor.

Auf einem dieser siebenbürgischen Dorffotos ist Erika zu sehen. Wieso Erika? War sie mal mit in einer dieser Ferienwochen? Auf dem Foto ist Erika mit Lotte und Lena zu sehen. Da war ich wahrscheinlich nicht dabei.

Wenn ich aus beruflichen Gründen nicht weg konnte, fuhr Lotte ohne mich, mit den Kindern. Da hat sie manchmal auch Erika mitgenommen. Ich hatte es vergessen.

Ich habe viele Dinge vergessen aus diesem anderen Leben. Jetzt, nach all den Jahren in Deutschland, fällt mir zum erstenmal auf, wie viel ich aus meinem Vorleben vergessen habe.

Mein jetziges Leben hat mit dem früheren überhaupt nichts zu tun. Inhaltlich. Formal ist mein jetziger Job meinem alten durchaus ähnlich. Jedenfalls kann ich das früher Gelernte hier gut gebrauchen. Aber nur formal. Es ist eine andere Welt, und das ist gut so.

8

Erika kam in unserer Studentenzeit zu Lotte. Sie kam aus Temeswar zu Besuch. Wir waren wieder zu dritt. Wir liefen zu dritt durch die Stadt und wieder ins Studentenwohnheim, und schließlich gingen die beiden Frauen allein auf den Boulevard.

Zwei Jahre verstrichen, und Erika kam zur Aufnahmeprüfung nach Bukarest. Wahrscheinlich wegen Lotte. Sie wollte so weit wie möglich von zu Hause weg sein. Es gab hier ein zusätzliches Fach, das sie in Temeswar nicht hätte studieren können. Alles zusammen. Vorwände und Gründe. Beides.

Die Mädchen mieteten ein Zimmer in Militari. Bei den Sandus. Die Sandus hatte Lotte auf dem Wochenmarkt kennengelernt. Zufällig. Man sprach über dies und jenes, über das Wetter und den Mais, wie das auf dem Balkan so üblich ist, und zuletzt einigte man sich auf die Vermietung eines Zimmers.

Es handelte sich um eine Blockwohnung, zu deutsch Platte. Es war eines dieser Neubauviertel, in denen du als Mann keine Frau auf der Straße etwas fragen konntest, weil sie mit Recht vermutete, daß die Frage nach einer Hausnummer oder nach der Uhrzeit doch nur das Entree zur Frage nach dem Ficken darstellte.

Die Männer in diesen sogenannten Stadtteilen hatten stets die Frage nach dem Ficken auf den Lippen. In den Kinos wurde bei jeder Bettszene Beifall geklatscht, und es ertönten anfeuernde Rufe: »Fute-o mă!« »Fick sie.« Es war die fehlende Urbanität, wie Richartz das später formuliert hat. Stadtbewohner der ersten Generation. Arbeiter der ersten Generation. Intellektuelle der ersten Generation. Feststellungen, die das Kommunistenherz höher schlagen ließen: neue Menschen, haha. Im Grunde waren sie alle Bauern. Bauern ohne Boden.

Hört sich lustig an im Deutschen. In meinem Kopf gehen die beiden Sprachen durcheinander. Das Deutsche ist in meinem Kopf auf dem Vormarsch. Nur in angespannten Situationen meldet sich das Rumänische zurück. Es meldet sich aus der tieferen Schicht zurück. Und wenn ich rumänisch sprechen will, ist es wieder lückenlos da. Läßt sich problemlos abrufen.

Zwei dieser neuen Menschen, die Sandus, Arbeiter der ersten Generation, hatten, wie viele andere, die Hälfte ihrer Wohnung untervermietet. Illegal, versteht sich, aber wen interessierte das schon? Alles war verboten, und alle machten alles, was verboten war. Das war die Chance der Securitate. Ihr Betätigungsfeld.

Hatte jemand ein Zimmer vermietet, war das egal. »Ne durea în cur.« Es ging uns am Arsch vorbei. Aber wenn wir von dem Betreffenden etwas wollten, sagten wir: »Also, du hast illegal ein Zimmer vermietet. Wir könnten dir die Wohnung wegnehmen lassen. Aber warum sollen wir das tun? Weil das Gesetz es so vorsieht? Wir sind auch nur Menschen, siehst du. Wir drücken ein Auge zu. Aber du müßtest uns in einer Sache helfen.« So ging das.

Mit den Sandus war es nicht anders. Im übrigen begriffen sie nicht viel von der Angelegenheit. Arbeiter der ersten Generation. Die wollten ihre kleinen Geschäfte machen. Im Betrieb was abstauben, um es gegen etwas anderes einzutauschen, oder der Lehrerin des Kleinen einen Gefallen tun, wie das alle machten. Einer hatte die Glühbirnen, der andere das Waschpulver. Der praktizierte Sozialismus war eine Gesellschaft des Tauschhandels. Sollten die tauschen, was sie wollten.

Sie ließen unsere Leute, die Mikros plazierten, in die Wohnung rein und erzählten uns, wer bei den Untermietern vorbeikam. Wir versicherten ihnen, Lotte und Erika seien schwer in Ordnung, aber ein bißchen naiv, und alles müßten sie nicht wissen, und es gingen bei den beiden staatsfeindliche Elemente ein und aus.

Das erzählte ihnen mein Kollege und Partner Răzvan. Ich trat nicht als Sicherheitsdienstler auf. Ich war der Freund von Lotte. War ich ja auch.

Manchmal übernachtete ich bei Lotte. Wenn Erika nicht da war. Und dann auch, wenn Erika da war. Erika blieb mindestens zwei Abende in der Woche weg. Sie hatte damals ein Verhältnis mit dem Dissi. Mit Richartz. Sie übernachtete bei ihm. Daß sie dieses Verhältnis hatte, sollte man eigentlich nicht wissen, weil es bereits ihren westdeutschen Geschäftsmann gab. Dieter. Aber den Heirats- und Ausreiseantrag, was in jener Zeit dasselbe bedeutete, hatte sie noch nicht gestellt. Sie wollte ihr Studium beenden.

Erika gehörte nicht zu jenen Frauen, die alles hinschmissen, nur um in den Westen zu gelangen und dort von irgendwelchen tumben Männern abhängig zu sein. Deren Machtgelüste zu befriedigen. Als exotische Ostblockmieze.

Ja, Erika. Mit Erika habe ich zum erstenmal geschlafen, lange bevor ich Lotte geheiratet habe. Lotte war an der Uni. Die Sandus waren arbeiten. In der Wohnung waren Erika und ich. Das kam manchmal vor. Wir saßen in der Küche der Sandus. Lotte und Erika durften die Küche mit benützen.

Wir waren in der engen Küche, Erika und ich. Mal stand sie auf, mal ich, um etwas zu nehmen, eine Tasse, den Zucker, einen Löffel. Jedesmal waren wir uns im Wege, jedesmal stießen wir aneinander. Berührten uns ohne Absicht. Und dann standen wir plötzlich voreinander, und Erika fing an zu lachen. Sie nahm meine Hand.

»Gehen wir ins Zimmer«, sagte sie. Wir setzten uns auf ihr Bett und küßten uns. Wir sprachen kein Wort mehr.

Zogen uns aus und faßten uns an. Wir sprachen nicht darüber. Auch danach nicht. Wir redeten über etwas anderes. Wir redeten über die gleichen Dinge wie vorher. Als wäre nichts geschehen.

So war das mit mir und Erika. Wir haben nie ein Problem daraus gemacht. Und zu Lotte haben wir auch nichts gesagt. Wir haben es nicht verabredet. Aber wir haben nichts gesagt. Weder Erika noch ich.

Wir schliefen in unregelmäßigen Abständen miteinander. Wie es sich ergab. Es war immer die gleiche Situation. Allein in der Wohnung. Küche. Berührungen. Blicke. Zimmer. Bett. Die Initiative lag stets bei Erika.

9

Lotte und ich haben im letzten Studienjahr geheiratet. Es war gut für die Versetzung, und auch meine zukünftigen Arbeitgeber fanden es gut. Erstaunlicherweise hatten sie nichts dagegen, daß ich eine Deutsche heiratete.

Ich hatte meinem Führungsoffizier Bescheid gegeben. Săracu, mein späterer Chef. »Meinen herzlichen Glückwunsch«, hatte er gesagt. Es war sein einziger Kommentar. Er hat mir fest die Hand gedrückt. Es war wie bei Männern, die Gefühle ausdrücken wollen. Ich spürte zum ersten Mal, ich gehörte zur Organisation.

»Lotte bekommt einen Posten an einer Bukarester Schule«, sagte er. Er nannte sie bei ihrem Vornamen, obwohl er sie nie gesehen hatte. Damals fiel mir so etwas noch auf. Später verstand ich diese Haltung. Durch das Aktenwissen, durch die Beschäftigung mit den Lebensläufen, durch die Eingriffe in diese Lebensläufe, wurde man stiller Teilhaber. Die betreffenden Personen kamen einem auf seltsame Weise nahe. Man fühlte sich ihnen verbunden. Es war jenseits von Legitimität und Moral. Wir befanden uns in einem wertfreien Raum der Autorität, wie Richartz sagen würde.

Hochzeit feierten wir keine. Wir fuhren nach Hermannstadt zu einem Essen mit Lottes Verwandten und nach Brăila nur für ein paar Stunden, um den Angehörigen meine Frau vorzustellen. Mit den Freunden feierten wir einen Abend lang, im »Carul cu bere«. Es war laut und chaotisch. Eine Bukarester Feier. Wir bestachen die Kellner, damit sie noch Bier rausrückten. Rahova-Bier.

Erika war auch dabei. Sie ließ sich nichts anmerken. Ich

ebenfalls nicht. Es gab kein Problem. Sie ging mit Richartz weg. Beim Weggehen blickte sie mich etwas zu lange an. Es war nichts Besonderes in ihren Augen, kein Vorwurf, nichts, es war nur die Dauer des Blicks, die mich aufmerken ließ. Irgendwie hatte ich den Eindruck, Lotte hätte diesen Blick bemerkt und sei für eine Sekunde unruhig geworden. Dann war's vorbei. Die Szene habe ich heute noch vor Augen.

Alles ging weiter wie bisher. Die gemeinsame Wohnung wollten wir erst nach dem Abschluß der Hochschule übernehmen, in einem halben Jahr. War einfacher so. Ich würde eine Wohnung zugeteilt bekommen. Das war schon geklärt. Über das Institut sollte die Zuteilung laufen.

»Du bist Kopf der Liste«, hatte Săracu gesagt. Er meinte damit die Warteliste für die Wohnungen. »Wir sorgen für unsere Leute.« Er klopfte mir auf die Schulter.

So ging das Studienjahr zu Ende. Wir bastelten an unseren Diplomarbeiten. Lotte schrieb über einen siebenbürgischen Schriftsteller des 19. Jahrhunderts. Einen dieser »fortschrittlichen«, wie unsere Germanistik sie zu nennen pflegte, einen, der sich mit sozialen Fragen beschäftigt hatte. Aber neuerdings sah man das nicht mehr so plump. Lotte durfte durchaus seine Verdienste um die sächsische Gemeinschaft und ihr nationales Überleben herausarbeiten.

Das wird ihren Vater gefreut und ein wenig für die Heirat mit mir, dem Rumänen, entschädigt haben, denke ich mir. Jedenfalls sparte der Alte nicht mit Lob für die Tochter. Er fand es besonders gut, daß sie über die Leistungen des eigenen Volkes geschrieben und sich nicht irgendeiner Frage der sogenannten Moderne zugewandt habe, wie das leider immer häufiger der Fall wäre. Der Alte bedauerte das.

Er war ein erklärter Gegner des modernen Gedichts. Für ihn übte das moderne Gedicht eine fast schlimmere Wirkung auf die sächsische Kultur aus als der Kommunismus.

Jedenfalls ereiferte er sich über das moderne Gedicht mehr als über den Kommunismus. Vielleicht lag es ja auch daran, daß ihm das moderne Gedicht nicht die Instrumente gezeigt hatte. Der Kommunismus schon. Ich weiß es nicht.

Niemand wird es wissen. Der Alte ist tot. Er ruht in seiner siebenbürgischen Erde. Amen.

Ich selber habe über das Rumänenbild bei Erwin Wittstock und Otto Alscher geschrieben. Der Vorschlag war von einem unserer Professoren gekommen. Er war Banater Schwabe, nach Bukarest durch das Hochschulstudium gekommen und am Anfang der sechziger Jahre, als man neue Leute an der Hochschule anstellte, junge Leute, die das wissenschaftliche Trümmerfeld des Stalinismus beleben sollten, dageblieben.

Er war ein zurückhaltender Mensch. Mein Eindruck war, er ist ein deutscher Nationalist. Ich glaube, mit dem Thema meiner Diplomarbeit wollte er sich mir, dem Rumänen gegenüber, einen heimlichen Witz leisten. Er hatte einen gewissen Hang für abseitige Witze. Das wurde deutlich, wenn er getrunken hatte.

Manchmal trank er mit den Studenten. Ich gehörte auch dazu. Aber es war ihm nie etwas nachzuweisen. Auch Săracu hat mich mehrmals nach ihm gefragt. »Was ist deine Meinung«, hatte er gefragt. Ich konnte nichts Beweiskräftiges dazu sagen.

Ich glaube nicht, daß Orendi so schlau war, daß wir ihn nicht fassen konnten. Ich glaube, es entsprach eher seinem Naturell, sich so zu verhalten. Er muß sich das in den späten Fünfzigern, als die große Verhaftungswelle rollte, antrainiert haben. Eine Kauzigkeit als Überlebensstrategie, die er selber nicht mehr durchschaute. Seine Tarnung war Teil seines Charakters geworden.

Es gab viele solcher Leute, damals. Sie haben zeitlebens nie wieder eine brauchbare Meinung geäußert. Trotzdem standen sie alle unter Beobachtung. Sie blieben verdächtig, weil man nicht herausbekam, was sie dachten. Sie waren dadurch bisweilen verdächtiger als die offenen Regime-Gegner.

Ich habe meine Diplomarbeit redlich zu Ende gebracht, und sie wurde entsprechend benotet. Damit war dieser Teil meines Lebens abgeschlossen. Mit dem Thema meiner Diplomarbeit würde ich mich nie wieder beschäftigen. Jedenfalls nicht in bezug auf Alscher und Wittstock. Sehr bald allerdings in bezug auf Martin und Richartz. Die beiden, Erikas Freunde, die sogenannten Dissidenten, sollten mich die nächsten Jahre vollauf beschäftigen. Das Rumänenbild bei Martin und Richartz wurde mein Dauerthema. Broterwerb und Studienobjekt.

10

Ich horchte Erika aus, so gut ich konnte. Es war nicht besonders schwer. Sie redete gern und viel. Ich mußte sie nur auf die richtigen Themen bringen. Aber seine Grenzen hatte das auch. Mein Interesse an Erika durfte sich nicht plötzlich verstärken. Es mußte alles bleiben, wie es war. Ich konnte mich nicht über Nacht Erika zuwenden. Das ging schon wegen Lotte nicht. Und auch Erika gegenüber wollte ich kein gesteigertes Interesse zeigen. Es konnte nur zu Mißverständnissen führen. Ich wollte mich ja nicht mit Erika zusammentun.

Ich liebte Lotte. Und weil das auch Erika klar war, mußte sie sich doch fragen, woher mein Interesse kam. Also hielt ich mich zurück, und Săracu reichten die Informationen bald nicht mehr aus.

»Schützt du sie vielleicht«, fragte er mich eines Tages. Er meinte Erika. Ich schüttelte den Kopf, erklärte ihm mein Problem. »Wir wollen natürlich nicht deine Ehe zerstören«, sagte er. »Wir brauchen eine Ergänzung.«

Und damit kam Săracu auf die Idee, Erika anzuwerben. Eine richtige Securisten-Idee. Er beauftragte Răzvan damit. Dieser setzte bei Dieter an. Ausländerkontakte. Man habe nichts gegen sie, gegen Erika Binder, aber Gesetz ist Gesetz, und die Aufgabe der Sicherheitskräfte sei nun mal, darauf zu achten, daß das Gesetz eingehalten und die Staatsinteressen gewahrt werden, sagte Răzvan. Ob sie vielleicht was gemerkt habe? Dieter sei bestimmt ein guter Kerl, aber was er denn für Freunde habe? Unter den Freunden stößt man manchmal auf die größten Überraschungen.

Răzvan hielt sich bedeckt. Wenn Erika was auffiele, solle sie sich doch kurz melden. Unter dieser Telefonnummer. Und er diktierte ihr eine unserer Informanten-Nummern.

Erika erzählte mir die Sache sofort. Sie fragte mich, was ich davon halte. »Schwer zu sagen«, meinte ich. »Mal sehen. Erzähl es noch nicht weiter. Vielleicht war es Zufall, Routine. Wenn er tatsächlich was will, hörst du bestimmt noch von ihm.«

Mit diesem letzten Satz hatte ich wirklich die Wahrheit gesagt. Ich berichtete Săracu von Erikas Reaktion auf die Begegnung mit Răzvan, und Săracu verfügte, daß Răzvan und ich nun in der Sache Erika Binder, Deckname »Parfum«, zusammenarbeiten sollten. Ich arbeitete ungern mit Răzvan zusammen. Aber was sein mußte, mußte sein. Befehl ist Befehl, wie die Deutschen sagen.

Zwischen mir und Răzvan war es mehrmals zu unangenehmen Vorfällen gekommen. Es ging nicht bloß um Meinungsverschiedenheiten. Zum Beispiel in der Benjamin-Sache. Răzvans große Blamage. Er führte sie auf mich zurück. Und das kam so:

Răzvan hatte einen Schreibmaschinentext aus der Szene bekommen. Der Titel lautete: »Der Engel der Geschichte«. Verfasser war keiner angegeben. Răzvan tippte auf Martin oder Richartz. Eher auf Richartz. Răzvan hatte den Text übersetzen und interpretieren lassen. Von einem unserer Möchtegern-Literaturwissenschaftler, der bei der Securitate gelandet war, weil ihn sonst keiner wollte.

Im Text stand der Satz: »›Es gibt ein Bild von Klee, das Angelus Novus heißt.‹«

»Wer ist Klee«, fragte Săracu.

»Irgendein Maler«, sagte Răzvan und las weiter: »›Ein Engel ist darauf dargestellt, der aussieht, als wäre er im Begriff, sich von etwas zu entfernen, worauf er starrt.‹«

»Ein Engel«, sagte Răzvan. »Angelus Novus. Das ist Latein. Muß also mit den Katholiken zu tun haben.«

»Seit wann ist denn Richartz religiös?«

»Der und religiös«, sagte Răzvan, »der will uns damit ärgern. Vielleicht ist es auch eine Anspielung auf die verbotenen Unierten, die Griechisch-Katholischen. Vielleicht will er sagen, daß bei uns Kirchen verboten sind.«

Săracu machte eine Notiz. ›Verbindungen zur unierten Kirche überprüfen.‹ »Wir müssen mit den Kollegen von der Kirchenabteilung reden.«

Răzvan las weiter: »›Seine Augen sind aufgerissen, sein Mund steht offen und seine Flügel sind ausgespannt.‹«

»›Er hat das Antlitz der Vergangenheit zugewendet‹«, las Răzvan. »Der Vergangenheit«, betonte er. »›Er sieht eine einzige Katastrophe, die unablässig Trümmer auf Trümmer häuft.‹ Damit meint er doch den Sozialismus. Den sozialistischen Aufbau.«

»›Aber ein Sturm weht vom Paradiese her.‹ Hört nur. Vom Paradiese. Jetzt wird er biblisch. ›Dieser Sturm treibt den Engel unaufhaltsam in die Zukunft, der er den Rücken kehrt‹, den Rücken«, sagte Răzvan. »›Während der Trümmerhaufen vor ihm zum Himmel wächst.‹ Zum Himmel«, wiederholte Răzvan. »Der Trümmerhaufen, also der Sozialismus. Und dann behauptet er auch noch, daß das, was wir den Fortschritt nennen, dieser Sturm wäre. Hört euch das bloß an, der Fortschritt ein Sturm, der vom Paradies herweht.«

»Wieder so ein moderner Gedanke«, sagte Săracu. »Man hätte doch besser beim sozialistischen Realismus bleiben sollen. Da hätten sich die Kerle nicht hinter diesen sogenannten Metaphern verstecken können. Der sozialistische Realismus war ein klarer Fall.«

»Ein langweiliger«, sagte ich.

»Ich weiß«, Săracu warf mir einen kurzen Blick zu, »ihr Jungen seid da anderer Meinung.«

»Wir haben es hier also mit einem feindlichen Text zu tun.« Răzvan setzte zur Einschätzung an.

Da meldete ich mich zu Wort. Ich hatte zuerst nur mit

halbem Ohr bei Răzvans Vortrag zugehört. Hatte aber den Text doch wiedererkannt. Ich sagte nichts, weil ich Răzvan die Blamage gönnte.

»Der Text ist weder von Martin noch von Richartz«, sagte ich.

»Von wem ist er dann«, fragte Răzvan ungehalten.

»Von Walter Benjamin.«

»Benjamin? Kennen wir den?« Săracu tat erstaunt.

»Nein«, sagte ich, »der Mann ist schon lange tot. War ein deutscher Schriftsteller, vor dem Krieg.«

»Und wie kommt der Text hierher?«

»Vor zwei Wochen hat Richartz ihn im Diskussionskreis vorgelesen.«

»Also doch!« Răzvan triumphierte. »Er hat also den Text von diesem Benjamin vorgelesen, um damit gegen den Sozialismus zu agitieren. Und du warst dabei. Warum hast du uns nichts davon berichtet?«

»Es wurde über den Begriff der Geschichte in der Auffassung von Walter Benjamin diskutiert. Weshalb sollte uns das interessieren?«

»So einfach ist das nun auch wieder nicht«, sagte Săracu. »Bist du sicher, daß dieser Benjamin tot ist?«

»Ja«, sagte ich. »War ein Landsmann von Zeno. Die hatten doch gute Chancen zu sterben.«

»Immer noch zu viele übrig«, brummte Săracu. Und Răzvan grinste. Sie konnten offen reden, weil Zeno in der Woche nicht da war. Er war krankgeschrieben. Gut für ihn.

Răzvan hatte wenig Glück bei Erika. Sie mochte ihn nicht. Jedesmal, wenn sie auf ihn zu sprechen kam, beschrieb sie zuerst einmal ausgiebig seine ihrer Meinung nach widerliche Erscheinung und sein ekelhaftes Auftreten. Ich hörte das nicht ungern, kommentierte es aber nicht. Man weiß ja nie, wo die Mikros sind.

Einmal berichtete ich aber doch Săracu davon. »So?« sagte er mit fragender Stimme. Das war alles, was ich von ihm dazu zu hören bekam. Aber kurz danach änderte Răzvan seine Taktik. Er ging zu Drohungen über. Sie könnten Erika wegen dieser Kontakte belangen. Sie könnten auch dafür sorgen, daß Dieter Osthoff nicht mehr einreisen dürfe. Unter diesen Umständen werde sie ihn nie wiedersehen. Doch, das werde sie, sagte Erika daraufhin. Und damit war sie in die Falle gegangen.

»Ich werde ihn heiraten«, sagte sie. »Soso«, erwiderte Răzvan mehr als zufrieden. »Da haben wir aber auch noch ein Wörtchen mitzureden.« »Ich liebe ihn und werde ihn heiraten«, wiederholte Erika stur.

Am nächsten Tag telefonierte sie mit Dieter. Es gelang ihr, auf dem Hauptpostamt durchzukommen, trotz aller Schikanen, wie sie betonte. Sie sagte zu Dieter, er möge früher kommen, sie sei nun entschieden wegen der Heirat, und die Umstände seien so, daß es schneller gehen müsse.

Unsere Leute haben das Gespräch aufgezeichnet. Es war ein Monat nach der Abgabe ihrer Diplomarbeit. Ihr Abschluß war so gut wie gesichert. Es wäre ziemlich schwierig gewesen, ihre Diplomarbeit annullieren zu lassen. Schon wegen dieser Helsinki-Verträge, auf die sich damals alle möglichen Leute zu berufen anfingen. Und Erika war zu manchem fähig, wenn sie etwas durchsetzen wollte. Răzvan hat überhaupt nichts von ihr verstanden. Er war kein guter Psychologe. Oder er verstand einfach nichts von deutschen Frauen.

So verwandelte sich sein vermeintlicher Erfolg bald in eine echte Niederlage. Dieter kam, und die beiden beantragten die Heirat. Erika erhielt nach ihrem Abschluß eine Lehrerstelle in einem Dorf neben Bukarest. Wir brauchten sie schließlich in der Hauptstadt. Sie blieb weiterhin die wichtigste Informationsquelle über die Dissidenten. Und da diese nun mal in Bukarest waren, beziehungsweise sich hier trafen, brauchten wir auch Erika in Bukarest.

So verging ein Jahr, und es passierte etwas, was in der Regel in solchen Fällen geschah: Der Eheantrag von Erika Binder und Dieter Osthoff wurde abgelehnt. Erika wurde vor die Kommission zitiert. Man fragte sie mit mildem Lächeln, was sie denn mit diesem Deutschen vorhabe, ob sie ihn überhaupt gut genug kenne, man wisse ja von so vielen Fällen, in denen unsere Mädchen im Westen zu schlimmen Dingen gezwungen würden. Ob sie denn das nicht wissen würde, noch nicht davon gehört habe, ein so schönes und kluges Mädchen wie Erika, ob sie denn gar keinen Mann unter den unsrigen finden würde, das könne doch gar nicht sein und so weiter.

Erika trug es mit Fassung, sie versuchte es jedenfalls mit Fassung zu tragen, und stellte einen weiteren Antrag. Ich erlebte sie zum ersten Mal verstört. Sie redete von ihren Zweifeln und Ängsten. Ich war wahrscheinlich der einzige, mit dem sie darüber redete. Mit wem hätte sie sonst darüber reden sollen? Mit Lotte war's ja zu Ende. Und das hatte mit mir zu tun.

Eines Tages hat uns Lotte nämlich doch erwischt. Wir lagen auf dem Sofa im Wohnzimmer, hatten keine Zeit mehr, uns anzuziehen. Das Kind, Lena, war im Kindergarten, wir hatten nicht mit Lottes früher Rückkehr aus der Schule gerechnet. »Du gehst«, hatte Lotte zu Erika gesagt, »und du kommst nicht wieder.« »Lotte«, hatte Erika gesagt, aber Lotte war in die Küche gegangen. Ich hörte sie weinen. Wir zogen uns wortlos an, und Erika wollte in die Küche gehen. Ich hielt sie zurück.

»Laß mich das machen«, sagte ich.

Ich ging in die Küche. Lotte saß am Tisch, hielt die Hände vor den Kopf.

»Lotte«, sagte ich.

»Sie soll gehen«, sagte sie.

»Hör mir zu«, sagte ich.

»Erst, wenn sie gegangen ist.«

Ich ging ins Zimmer und erklärte Erika, sie müsse gehen. Erika ging. Ich kehrte zu Lotte ins Zimmer zurück. Wir schwiegen eine Weile.

»Es tut mir leid«, sagte ich. »Es hat nicht die Bedeutung, die du befürchtest«.

»Dann wirst du sie nicht mehr sehen«, sagte Lotte.

»Das geht leider nicht«.

Lotte sah mich mit großen Augen an. »Wieso geht das nicht?«

»Weil ich einen Auftrag habe«, sagte ich.

Lotte lachte hysterisch auf.

»Das Sofa gehört also auch schon zu den Aufträgen. Das Sofa ist beruflich«, sagte sie.

»Es geht nicht um das Sofa.«

»Und worum geht es«, fragte Lotte.

Es war einer der wenigen Augenblicke, in denen Lotte Fragen stellte. Ich sagte: »Darf ich dich daran erinnern, daß du einen Sicherheitsdienstler geheiratet hast.«

Lotte schwieg. Sie war blaß, aber gefaßt. Sie hatte verstanden.

»Worum geht es also«, wiederholte sie ihre Frage, während sie sich die Tränen aus dem Gesicht wischte.

»Es geht um Richartz und Martin«, sagte ich.

Lotte sagte nichts mehr. Sie nickte. Ich griff nach ihrer Hand, und sie ließ es zu. Sie ließ mich ihre Hand halten. Wir saßen noch lange so da, bis es Zeit wurde, Lena aus dem Kindergarten abzuholen.

Wir haben nie wieder darüber gesprochen. Lotte hat drei Monate nicht mit mir geschlafen. Alle Versuche Erikas, mit Lotte zu sprechen, wurden von dieser abgelehnt. Erika war nie wieder in unserer Wohnung. Ich traf sie in der Stadt oder bei sich zu Hause.

Dann haben wir uns versöhnt. Lotte und ich. Und dann wurde Christian geboren. Und als Christian da war, sagte Lotte plötzlich, sie war noch in der Klinik und ich stellte Blumen in die Vase: »Setz dich her.« Sie nahm meine Hand und sagte: »Ich will, daß wir ausreisen.«

»Lotte«, sagte ich, »weißt du, was du da sagst?«

»Ich habe es mir genau überlegt«, antwortete sie. »Ich ertrage das nicht länger«.

»Es ist meine Bedingung«, sagte sie. Sie sagte nicht, wofür, und sie sagte auch nicht, was sie nicht mehr ertrug, aber ich hatte verstanden.

Es war Erika und Richartz und Martin und die Securitate, meine Arbeit, alles. Sie wollte diesen eisernen Raum verlassen. Sie liebte mich und wollte all diese Zwänge überwinden, um die Liebe zu mir und das Leben mit mir sich und mir zu erhalten.

Ich sah sie an und wußte, es war meine einzige Chance, alles wiedergutzumachen. Ich sah sie lange an. Ich nickte.

»Es wird schwierig sein«, sagte ich langsam.

»Ich weiß«, sagte sie. »Fühlst du dich vielleicht wohl, bei all diesen Geschichten?«

Ich schüttelte den Kopf. Ich wollte nicht darüber nachdenken. Sie hatte jedenfalls die richtige Frage gestellt.

»Ich muß mir was einfallen lassen«, sagte ich. »Gib mir Zeit«.

Sie nickte. Sie ließ meine Hand los. Wir hatten einen Pakt. Einen Aussteigerpakt.

11

Ich aber hatte ein echtes Problem. Sollte ich wirklich die Securitate verlassen? Lottes Bedingung war klar. Entweder die Securitate oder sie.

Ich machte mich ans Überlegen. Kam ins Grübeln. Geschichten fielen mir ein, unangenehme Geschichten. Wir hatten Leute schikaniert, biedere Menschen, Schwaben, Sachsen. Sie zur Ausreise gedrängt, nur weil einer dieser nimmersatten Parteifunktionäre es auf ihr ansehnliches Haus abgesehen hatte. Die Familie ist ausgereist, und er hat es zum Spottpreis bezogen. Wir hatten Ehen zerstört und Karrieren zunichte gemacht. Affären und Korruptionsfälle vertuscht, wenn es um die Parteibonzen und ihren zügellosen Nachwuchs ging. Plötzlich hatte alles eine Kehrseite, alles, was mir aus meiner Arbeit einfiel, hatte diese häßliche Kehrseite.

Ich sah mich über den Schwarzmarkt schlendern und den Bücherverkauf beobachten. Ob nicht staatsfeindliche Druckerzeugnisse angeboten wurden. Ich sah den Menschen zu, wie sie fasziniert in alten, zerfledderten Bänden blätterten, und stellte mir vor, es sind alles Bücher, die von unseren nationalen Sorgen, vom Überleben unseres von der Geschichte gebeutelten Volkes handelten. Ich sah diese armen Menschen, die schlecht gekleidet waren, die nichts zu essen hatten und in ihren Wohnungen froren, über den Trödelmarkt ziehen und in Büchern lesen und dachte mir, Dinu, was machst du hier, an wen hast du dich verkauft?

Lotte hatte recht. So ging das nicht weiter. Ich geriet hier immer tiefer hinein, in immer unangenehmere Sachen. Was waren wir eigentlich, wir, die Securitate? Das Objekt des Hasses von allen! Die korrupte Bande in der Parteiführung ließ den ganzen Schwachsinn der Familie des Diktators zu, und wir mußten es ausbaden, wir, als die Garanten der Macht. Die einzigen Gegner des großen Chefs aber waren innerhalb des Partei-Milieus die Alt-Stalinisten. Und die verachtete ich wegen ihres antirumänischen Kurses. Es war eine ausweglose Situation.

Ich weiß nicht, ob ich das damals, am Ende der siebziger Jahre, schon so klar sah, im nachhinein ist immer leicht reden. Ich jedenfalls hatte andere Vorstellungen vom Sozialismus als die altstalinistischen Gegner des großen Chefs. Meine Generation war in den Sechzigern zur Reform angetreten. Wir wollten dem rumänischen Volk seine Würde wiedergeben. Wir wollten einen Sozialismus ohne die Russen. Rumänien sollte frei von den Russen sein. Meine Entscheidung, zur Securitate zu gehen, war durch die Rede von Ceauşescu am 21. August 1968 in Bukarest ausgelöst worden. Durch seine Absage an den Einmarsch der Warschauer-Pakt-Staaten in Prag. Damals sind doch sogar bekannte Dissidenten demonstrativ der Partei beigetreten.

Ich habe mich im letzten Schuljahr bei der Securitate verpflichtet. Der Schuldirektor hat mir in der Pause auf die Schulter geklopft und gesagt, »ein Genosse möchte mit dir sprechen«. Er hat mich in sein Büro gebracht und dort mit dem Genossen alleingelassen. Ich traf den Mann noch zweimal in der Stadt, dann waren wir uns einig.

Nach dem Bakkalaureat schrieb ich mich zur Aufnahmeprüfung bei der Germanistik ein. Auch das war schon halb im Auftrag der Securitate. Man wolle das Niveau des Dienstes anheben, sagte mein Führungsoffizier. »Wir brauchen Leute, die sich mit Literatur auskennen, die in Weltsprachen zu Hause sind.«

Als ich in die Securitate kam, fand dort ein richtiger Generationswechsel statt. Die Russenfreunde wurden in Rente geschickt oder saßen auf dem Nebengleis, wie Zeno. Es hieß, er habe in den Fünfzigern Schwierigkeiten gehabt, mit den russischen Beratern. Deshalb durfte er bleiben. Aber er hatte nicht viel zu sagen. Das Sagen hatte Săracu, immer bedeckt, immer auf der Höhe der Zeit. Săracu hatte Freunde in der Partei und unter den Schriftstellern, unter den national eingestellten. War stets voller Geheimnisse, erging sich in Andeutungen. Er wirkte wie ein Mann, der die Gunst der Stunde erkannt hatte und der in der Vorstellung lebte, daß ihm eine große Karriere bevorstand.

Ich fing an, mich mit Lottes Forderung auseinanderzusetzen. Ich konnte nicht auf Lotte verzichten. Lotte war meine Familie. Also mußte ich auf die Securitate verzichten. Ich hatte ein großes Problem. Lotte war der ruhende Punkt meines Lebens. Sie war das einzige außerhalb der Securitate, das zählte. Das einzige, das wirklich mir gehörte. Durch Lotte wurde der Limes gezogen. Der Limes zu meinem Brăila-Clan und zur Securitate. Ohne sie gehörte ich denen.

12

Heute bin ich mit Schelski am Nordufer. Als ich hereinkomme, sitzt er bereits an seinem Stammplatz. Das Schachbrett liegt vor ihm, auf dem Tisch.

»Hallo, Dino«, sagt er, »bist du bereit? Wir haben einen schwierigen Fall.«

Damit meint er die Partie, die wir uns für heute abend vorgenommen haben. Spasski–Fischer, Reykjavik 1972. Die neunzehnte Partie. Aus der Eröffnung heraus kommt es zu einer ungewöhnlich festgefügten Bauernformation, bei der mangels anderer Sprengungsmöglichkeiten keine bessere Verwendung zu sehen ist als ihre Aufopferung.

Ich nicke, aber ich denke auch an den anderen Fall. An meinen Fall. An den Fall Erika, an Schelskis Interesse daran. An seinen Fall Erika. Aber anfangen werde ich damit nicht. Auf gar keinen Fall werde ich damit anfangen. Soll Schelski was sagen, wenn er will. Wenn nicht, soll's gut sein. Obwohl ich schon gerne gewußt hätte, ob er mit seinen Ermittlungen vorangekommen ist. Ich muß passen.

Schelski blickt auf das Brett, auf die Figuren. Er macht eine einladende, schon fast ungeduldige Handbewegung. Als könne er den Beginn der Partie nicht mehr abwarten.

Schelski hat wie immer den Westpart, ich den Ostpart. Als gebürtiger Westberliner merkt er gerne an, er sei im Jahr der Blockade geboren, ein Rosinenkind.

Ich brauchte eine Weile, bis ich den Witz verstand. Die Geschichte Westberlins war mir nur wenig vertraut. Aber durch meine Arbeit in der Detektei lernte ich nicht nur die Gegenwart, sondern auch die Geschichte der Halb-Stadt kennen. Um die Leute zu verstehen, mußte man auch ihre Geschichte kennen. Die Macken der Westberliner hatten meistens mit der Nachkriegsgeschichte zu tun. Mit der Blockade und mit der Mauer.

Ich habe also den Ostpart. Heute werde ich gewinnen.

»Im Schach wart ihr ganz gut«, pflegt Schelski zu sagen.

Ich bin also der Russe. Im Schach bin ich immer der Russe. Hätte ich nie gedacht, daß ich mal der Russe sein werde. Bei meiner Einstellung zu den Russen. Aber im Westen ist alles möglich. Überhaupt denken die Westmenschen, alles was östlich von der Elbe ist, hat mit den Russen zu tun. Irgendwie ist das alles für sie russisch. Deshalb versuchen sie wahrscheinlich dauernd die Russen zu verstehen. Die Russen soll man aber nicht verstehen wollen, die Russen sollte man bekämpfen.

Ich habe also die Rolle des Russen, des Siegers von heute abend. Ob Schelski mit dem Thema Erika anfangen wird?

Wir konzentrieren uns auf das Spiel.

»Du hast sie also gekannt«, sagt er plötzlich.

»Sie war eine Freundin meiner Frau, ursprünglich.«

»Ursprünglich«, sagt Schelski.

»Ja«, sage ich, »später, nachdem wir geheiratet hatten, Lotte und ich, war sie mit uns beiden befreundet. Sie war die beste Freundin meiner Frau.«

»Und wieso habt ihr euch aus den Augen verloren«, fragt Schelski, während er korrekt den nächsten Zug von Fischer ausführt.

»Das hatte mit Erikas Auswanderung zu tun. Sie hat ihren Geschäftsmann geheiratet und ist weg, und seither haben wir nichts mehr von ihr gehört. Es wäre für uns nicht gut gewesen, Westkontakte zu haben.« Ich benutze den Ausdruck ›Westkontakte‹, um dem Kenner der DDR-Verhältnisse die Sache klarzumachen. Um ihm eine Denkschublade aufzumachen.

Er nickt.

Die Schublade hat gewirkt. Wollen doch alle nur hören, was sie ohnehin wissen.

»Was hältst du von Dieter Osthoff«, fragt er unvermittelt.

»Du meinst den Geschäftsmann.«

»Den meine ich«, sagt Schelski.

»Ich habe ihn nur flüchtig gekannt. Er war öfter in Bukarest. Hat immer im Hotel gewohnt, im Athenee Palace. Wie das damals so war, mit Ausländern. Ich habe kaum mit ihm gesprochen. Er hatte uns, glaube ich, mal ins Hotel-Restaurant zum Essen eingeladen.

»Womit beschäftigte er sich denn, ich meine beruflich«, sagt Schelski und gibt der Kellnerin ein Zeichen für ein neues Bier.

»Weiß ich nicht«, sage ich. »Weiß ich wirklich nicht.«

Dieses ›wirklich‹ war überflüssig, denke ich mir. »Wir haben nicht darüber gesprochen, oder ich hab's vergessen. Es ist fünfzehn Jahre her.«

Ich mache den entscheidenden Zug auf dem Schachbrett.

»Du hast gewonnen«, sagt Schelski. »Wenn ihr in der Wirtschaft so gut gewesen wärt wie im Schach, dann würde es für das Rosinenkind heute schlecht aussehen.«

»Wart ihr aber nicht.«

Er greift nach dem frisch Gezapften, das die Kellnerin gerade auf den Tisch stellt.

Er lacht, und ich lache mit, aber ich fürchte, mein Lachen klingt wenig echt.

13

Der Gang der Ereignisse kam mir zu Hilfe. Alles beschleunigte sich plötzlich. Zuerst kam Răzvans zweiter Anwerbungsversuch bei Erika. Es war nach ihrem zweiten Ehegesuch. »Du willst also unbedingt in den Westen«, hatte er gesagt.

Răzvan hatte einen Frontalangriff gestartet. Die Situation mit den Dissidenten hatte sich nämlich verändert. Ralf Martin war im Westen geblieben. Zeno hatte vorgeschlagen, ihm eine Reise zu genehmigen, und Săracu war seltsamerweise damit einverstanden gewesen. Wie auch immer, Martin war nicht mehr zurückgekommen. Ich hatte von Anfang an gesagt, gebt ihm nicht den Paß, der kommt nicht wieder, aber Săracu hatte abgewunken. »Zeno garantiert für ihn«, hatte er gesagt. Als ob Zeno für etwas hätte garantieren können. Ausgerechnet Zeno. Dessen Volk ist doch überall zu Hause, dachte ich mir. Sagte aber nichts.

Ich blickte Răzvan an, und mein Eindruck war, er hatte gerade den gleichen Gedanken. Jedenfalls grinste er, als er meinen Blick erhaschte. Martin war also weggeblieben, und Zeno hatte einen Verweis gekriegt. Konnte er sich den Arsch mit abwischen, einen Verweis!

Nun aber knallte Richartz durch. Er betrank sich regelmäßig und redete überall lautstark davon, daß er es satt habe. Er wolle nicht mehr das Minderheiten-Aushängeschild für das Regime abgeben. Nicht pe post de neamţ verkommen. Auf dem Deutschen-Posten. Man könne hier sowieso nichts mehr machen. Die Ziele des neunten Parteitags, er meinte den Reform-Parteitag von 1965, seien längst verraten worden, und wir wären schon seit Jahren auf dem unheilvollen Weg in eine Balkan-Familien-Diktatur, in der reihenweise Analphabeten das Sagen hätten, die es nicht wert wären, den heiligen Arsch von Marx zu lecken. Er sei Marxist, und deshalb könne er diese düstere Entwicklung nicht mehr mit ansehen, diesen Hohn auf die Ideen des Mannes aus Trier.

Richartz war der waschechte Banater, wenn er so redete. Die ganze Verachtung des sich mitteleuropäisch verstehenden Banaters für den in seinen Augen türkischen Süden kam in den vom Alkohol beschwingten Gedanken des Dissidenten zum Ausdruck. In solchen Augenblicken bezeichnete er sich gerne als Habsburger. Wahrscheinlich glaubte er, er sei Joseph Roth. Dieser aber war Jude und Richartz nicht. Sein Onkel war vielmehr in der Waffen-SS. Division Totenkopf. Ist nach dem Krieg nach Brasilien getürmt. So habsburgisch war Richartz' Herkunft.

Seine Auftritte, die schon früher gefürchtet waren, wurden immer häufiger. Die Leute suchten das Weite, sobald er loslegte. Hatten sie doch Angst, am nächsten Tag von der Securitate befragt zu werden. Einerseits stimmten sie vielem von dem, was der angetrunkene Dissident behauptete, zu, andererseits hätten sie es melden müssen. Er brachte sie in ein unangenehmes Dilemma.

»Er muß weg«, hatte Săracu eines Tages gesagt. Für einen Augenblick erstarrte ich.

Dann aber sagte Săracu: »Geben wir ihm einen Paß.«

»Und wenn er zurückkommt«, fragte Zeno.

»Der kommt nicht zurück«, sagte Săracu.

Ich war erleichtert. Ich mochte zwar Richartz mit seiner Arroganz und der Lust, Leute aus seiner Umgebung dank seiner Intelligenz niederzumachen, nicht unbedingt, aber ich schätzte ihn für seine essayistische und literarische Arbeit, und so ganz unrecht hatte er mit der Bemerkung über den Verrat am neunten Parteitag auch nicht. In dieser Frage dachte ich durchaus ähnlich.

Ich war erleichtert, denn zum Mordkomplizen wollte ich nicht werden. Unsere Abteilung war zwar in solche Dinge bisher nicht eingemischt gewesen, aber als Săracu gesagt hatte, er muß weg, hatte mich die Angst gepackt. Ich hatte zwar keine Beweise dafür, daß die Securitate Menschen umbrachte, ich habe sie auch heute nicht, aber es gab undurchsichtige Geschichten, ungeklärte Todesfälle, über die man sich allerlei Gedanken machen konnte. Gerüchte gab es viele. Sie beherrschten unser Leben. Sie waren das furchtbare Geheimnis, das über den Banalitäten und der Langeweile unserer Existenz schwebte.

In dieser Situation versuchte Răzvan es also ein zweites Mal mit Erika.

»Wir könnten dir bei deiner Ausreise behilflich sein«, sagte er. »Aber wir erwarten dafür natürlich auch einen Gegendienst. Du weißt, eine Hand wäscht die andere. Überleg es dir mal.«

»Und was wäre der Gegendienst«, fragte Erika.

»Du weißt, Martin ist im Westen geblieben, und Richartz fährt demnächst auch, wie du vielleicht weißt.«

Erika wußte es. Richartz hatte es ihr gesagt.

»Also. Wir wüßten gerne, was die so im Westen vorhaben. Du hast vielleicht gehört, was Martin alles über unser Land zum besten gegeben hat. Wir wären die schlimmste Diktatur in Osteuropa, und unsere Trennung von den Russen sei nur ein Bluff, um dem Westen das Geld aus der Tasche zu ziehen. Wir wären beim Marschall der Geldbeschaffung, bei Tito, in die Lehre gegangen. Weißt du doch, oder?«

Erika nickte. Es war ihr egal, ob er sie nun des Hörens von Radio »Free Europe« beschuldigen würde, des Feindsenders, denn woher sonst sollte sie das alles wissen? Es war ihr egal, aber er fragte nicht danach. Ihm ging es nicht darum, einen von den Millionen Hörern des Exil-Senders zu entlarven.

»Wir möchten, daß du ebenfalls in den Westen fährst

und sie ein wenig zähmst. Du hast doch Einfluß auf die beiden. Vor allem auf Richartz, würde ich denken.« Răzvan lächelte. »Überleg es dir, du könntest Dieter heiraten und nach Frankfurt ausreisen und ein schönes Leben führen mit deinen Freunden.«

Erika erzählte mir alles.

Ich traf sie weiterhin, trotz Lotte, trotz meiner Entscheidung. Was hätte ich der Securitate auch sagen können? Und was hätte ich Erika sagen können? Daß ich irgendwie meinen Absprung vorbereite? Ich treffe sie weiterhin, um meine Vereinbarung mit Lotte nicht an die große Glocke hängen zu müssen, sagte ich mir. Und ich kam weder von der Securitate wirklich los noch von Erika.

Sie fragte mich, was sie tun solle. Zum ersten Mal fiel mir auf, daß ihre Entschlossenheit nachließ, daß sie zögerlich wurde. Ich sagte wahrheitsgemäß, ich wüßte keinen Rat.

Langsam wuchs mir die Sache über den Kopf. Ich begann die Tragweite der Angelegenheit zu bedenken. Das hatte natürlich mit Lottes Bedingung aus der Klinik zu tun. Seit dieser sah ich viel deutlicher die Tragweite unserer Aktivitäten. Es gelang mir nicht mehr, den kriminellen Zug der Sache zu verdrängen.

Es war die Zeit, in der in unserer Abteilung zum ersten Mal Onescu auftauchte. Er kam vom Auslandsgeheimdienst und sollte mit uns wegen der Ausreisegeschichten der Dissidenten zusammenarbeiten. Besonders die Idee mit Erika schien ihn zu beschäftigen. Ich hatte in dieser Zeit viel mit Onescu zu tun, und so kam mir der Gedanke, der für mich selber die Lösung versprach. Das war, als Erika das Angebot von Răzvan endgültig abgelehnt hatte.

Nichts half bei ihr. Keinerlei Drohung, nichts. Wir wußten nicht, was sie plötzlich so stur gemacht hatte. Ich hatte keine Erklärung für ihr Verhalten. Bis sie mir die Geschichte erzählte.

Es war ein paar Tage vor ihrer Reise ans Meer.

»Ich habe es niemandem gesagt«, sagte sie. »Auch dir wollte ich es nicht sagen. Aber jetzt muß ich es doch erzählen.«

Wir lagen in ihrem Bett.

»Du weißt, ich fahre ans Meer«, sagte sie.

»Ja«, sagte ich.

»Komm, laß uns auf den Balkon gehen«, sagte sie. »Das Wetter ist so schön.«

Wir zogen uns an, gingen auf den Balkon.

»Ich fahre ans Meer, aber ich komme nicht wieder«, sagte sie.

»Wieso«, fragte ich.

»Ich fahre nach Bulgarien.«

Man konnte damals noch mit Tagesausflügen ohne Paß an die bulgarische Schwarzmeerküste fahren.

»Schön für dich«, sagte ich. Ich selber war noch nie in Bulgarien gewesen. Wir Securitate-Leute durften sowieso nirgends hinfahren.

»Dort erwartet mich Dieter mit einem Paß«, sagte sie. »Und am nächsten Tag sind wir in Frankfurt.«

»Toll«, sagte ich. »Das möchte ich auch.«

»Ich hole dich eines Tages raus«, sagte Erika.

Ich schwieg. Ging nach Hause.

Selbstverständlich hätte ich das Gespräch sofort melden müssen. Ich tat es nicht. Am nächsten Tag ging ich wie immer ins Büro, sagte nichts. Aber wenn sie Mikros bei Erika hatten? Mikros auf dem Balkon?

Ich traf Săracu. »Nichts Neues«, sagte ich. Damit hatte ich mich entschieden. Für Lotte und gegen die Securitate. Für die Moral, wie ich mir einschärfte.

Erika fuhr ans Meer. Sie schrieb mir noch eine Karte aus Doi Mai. Seither habe ich nichts mehr von ihr gehört. Nie wieder. Bis zu meinem Auftrag in der Detektei.

14

Es war eine schwere Niederlage für unsere Abteilung. Wir bekamen eine Untersuchung an den Hals. Und als Hauptschuldigen einigte man sich auf mich. Jemand mußte die Sache auf sich nehmen. Das wußten alle. Im Interesse der Abteilung. Auch die Untersuchungsbeamten fanden es richtig. Für die Papiere, wie sie sagten. Die Akten mußten stimmen. Darum ging's. Săracu drückte mir die Hand, und selbst Răzvan war froh. Ihm hätte man schließlich auch einiges anlasten können. Gerade in bezug auf Erika.

Nun waren sie alle im Westen. Martin und Richartz, und Erika auch. Was Richartz betrifft, hatte Săracu recht behalten. Er kam nicht wieder. Nun waren sie alle weg, und irgendwie war es meine Schuld.

»Wir versetzen dich zur Verkehrspolizei«, hatte Săracu gesagt. »Ein ganz guter Job. Schließlich wollen die Leute ja Auto fahren.« Ich machte kein glückliches Gesicht. Und das war auch echt. Ich war zwar die Securitate damit vorerst los, aber wie kamen Lotte und ich aus dem Gefängnis Rumänien heraus? Wenn ich daran dachte, war ich der Verzweiflung nahe.

Da war noch Onescu. Aber wie sollte ich ihn kontaktieren? Mir fiel nichts ein. Es half mir Bruder Zufall. Oder war es doch kein Zufall? Im nachhinein bin ich mir nicht mehr sicher. Ich traf Onescu eines Tages in der Nähe des Nordbahnhofs.

Wir gingen in eine der Spelunken dort, und Onescu sagte: »Du bist jetzt bei der Verkehrspolizei. Ist doch schade. Dumm gelaufen, diese Sache. Aber sollen wir deshalb gleich auf so gute Fachkräfte verzichten?«

»Ich kenne deine Akte«, sagte er. »Du hast eine deutsche Frau. Leute wie dich können wir gut gebrauchen. Und zwar bei uns, nicht bei Săracu.«

Ich war ganz Ohr.

»Ich meine unsere Abteilung«, sagte er. »Allerdings muß etwas Gras über die Erika-Geschichte wachsen.« Er grinste. »Wir können ja schlecht die Akten umschreiben.«

Ich nickte. Und dann setzte ich alles auf eine Karte. Ich sagte: »Ich könnte drüben gute Arbeit leisten.«

Onescu blickte mir in die Augen. »Meinst du das ernst«, fragte er.

»Meine Frau ist Deutsche, wir könnten unauffällig als Aussiedler auswandern. Drüben stehe ich dann mit meiner gesamten Erfahrung zur Verfügung.«

»Für jede Aufgabe«, fragte Onescu lauernd.

»Für jede«, sagte ich, ohne weiter nachzudenken. Ich hatte mein Ziel vor Augen, die Auswanderung. Sonst war mir alles egal. Das ist heute vielleicht schwer zu verstehen. Aber damals war es so.

»Ich werde mal vorfühlen«, sagte Onescu nachdenklich. Der Gedanke schien ihm nicht zu mißfallen. »Du hörst von mir.«

15

Für wen schreibe ich das? Und warum schreibe ich das alles überhaupt auf?

Ich laufe durch die Stadt, ich renne dem Leben hinterher, den Aufträgen.

Einem Geschäftsmann wird ständig das Auto beschädigt. Der Täter entpuppt sich als ein grundlos eifersüchtiger Ehemann, dessen Frau Geschäftsbeziehungen zu dem Opfer unterhält.

Ein anderer Fall für Dino: Wir machen eine Videoüberwachung in einem Hochhauskeller. Die Kamera ist hinter der Verteiler-Box versteckt. Es geht um Vandalismus, und es stellt sich bald heraus, daß der anonyme Kellerraum als Drogenumschlagplatz dient. Da rücken die Kollegen von der Polizei nach.

Und dann finde ich noch dieses Würstchen von Schuldner, das nicht zahlen konnte und abgetaucht ist.

Der Kram ist schnell erledigt.

Und dann bin ich wieder bei meinem Fall. Bei dem Fall, in dem ich mein eigener Auftraggeber bin. Ich?

Ich komme nach Hause und schreibe das alles auf. Im Büro könnte mich jemand dabei überraschen. Dagmar zum Beispiel. Zu viele Krimis gelesen, strebt über den Sekretärinnen-Status hinaus. Ficken möchte ich sie schon, aber auf ihre dämlichen Fragen habe ich bestimmt keine Lust.

Ich schreibe meine Erkenntnisse auf wie früher die Treff-Berichte, die Lageberichte, die Zusammenfassungen. Es ist Teil meiner Arbeit gewesen. Sie hatten aber eine vorgegebene Form und einen klaren Zweck. Auch einen klaren Adressaten: Die Securitate. Jetzt weiß ich nicht, für wen ich das alles aufschreibe.

Vielleicht, um mir selber Klarheit zu verschaffen. Oder um mein Wissen zu hinterlassen, falls mir etwas passieren sollte. Was sollte mir denn passieren? Ich weiß es nicht. Ich weiß ja gar nicht so genau, mit wem ich es zu tun habe.

Aber Erika ist tot, und das ist wie eine Warnung. Spätestens seit dem Auftauchen von Onescu. Ich möchte wissen, was Onescu wirklich mit der Sache zu tun hat. Ich möchte etwas gegen ihn in der Hand haben, denke ich mir. Dann wäre ich ihn los.

Onescu kann jederzeit wieder auftauchen. Wer weiß, was er sonst noch von mir will. Mein alter Instinkt rührt sich mächtig.

Und dann bin ich es Erika schuldig. Ich muß ihre Mörder finden. Es ist das einzige, was ich noch für sie tun kann. Nach allem, was gewesen ist, sollte ich wenigstens das für sie tun.

Ich rufe Dieter an. Wenn ich in der Sache weiterkommen will, muß ich mit Dieter sprechen.

16

Lotte und ich sind mit den Kindern als ganz gewöhnliche Aussiedler nach Nürnberg gekommen. Wir hatten alle Schikanen des Aussiedelns über uns ergehen zu lassen. Unsere Auswanderung mußte echt aussehen. Lotte kannte den wahren Hintergrund nicht. Sie wollte es auch nicht so genau wissen. Ich hatte ihr nur gesagt, daß ich die richtige Idee gefunden habe, und sie hatte genickt.

Lotte hat immer in Kauf genommen, was ich gemacht habe. Sie ist auch nie mit Vorwürfen gekommen. Sie hat nur das eine Mal eine grundsätzliche, ihre grundsätzliche Bedingung gestellt. Als es wirklich ums Ganze ging.

Ohne Lotte wäre ich ein anderer. Lotte ist wie die vorsichtige Mutter, die umsichtige Frau, die sich die Welt zunutze macht, die aber weiß, wo die Grenzen des Zulässigen sind. Sie hatte stets einen sicheren Instinkt für diese Grenzen. Ihr Instinkt hat mich gerettet. Uns. Die Kinder.

In Nürnberg, im Aufnahmelager, wurde ich nicht viel gefragt. Ich war ja Rumäne. Ehemann. Der Fall war eindeutig. Die deutsche Gesetzeslage täuscht sich nie.

Frage und Antwort mußte Lotte stehen. Ihre deutsche Herkunft war schließlich der Faden, an dem wir alle hingen. Lotte, die Kinder, ich. Aber ihre deutsche Herkunft war einwandfrei. Der erste und einzige Rumäne in der Familie war nämlich ich. Vor mir hat es da keinen Rumänen gegeben, wie Lottes Vater manchmal betonte. Er selber war noch in der Deutschen Jugend, für die Waffen-SS ist er zu jung gewesen. Ich bin mir aber nicht sicher, ob er zu denen gegangen wäre.

Er mißtraute den Nazis, jedenfalls im nachhinein, wenn

er behauptete, sie hätten das Ende der sächsischen Gemeinschaft herbeigeführt. Die Nazis waren ihm nicht sächsisch genug. Lottes Vater war einer von den Männern, die das Sächsische gerne zur Nationalsprache erhoben hätten. Warum auch nicht? Die Luxemburger sind schließlich auch eine Nation.

Nach der Wende hat er nochmals versucht, das Häuflein der Sachsen zum Bleiben zu bewegen. Er wurde ein Rufer in der siebenbürgischen Wüste. Lottes Vater ist vor drei Jahren gestorben. Er wurde in Hermannstadt begraben. Wir sind aus Sicherheitsgründen nicht hingefahren. Ich galt als Verräter, und irgendwie waren diese Halunken ja immer noch an der Macht.

Mich fragte man in Nürnberg nur, ob der Geheimdienst, die Securitate, mir vielleicht einen Auftrag erteilt hätte, ob ich angeworben worden sei. Es war mehr eine Routinefrage, die sie wahrscheinlich den meisten stellten. Ich verneinte.

In solchen Fällen ist es sowieso besser zu verneinen, und in meinem Fall erst recht. Sie hakten die Frage ab, hatten also keinen Verdacht. Kleine Regel: Sag nie etwas aus! Weder über dich noch über andere. Auch über andere nicht. Vergiß alles, was du weißt. Als Zeuge ist man bei den deutschen Diensten noch am ehesten gefährdet.

Du hast es mit Weltmeistern in Sachen Inkompetenz zu tun. Sie wissen wirklich gar nichts. Wenn du ihnen aber etwas mitteilst, bist du sofort verdächtig. Weil sie nie und nimmer in der Lage sind, den Täter zu finden, halten sie sich an den Zeugen. Sag ihnen also nichts.

Außerdem standen einige von denen längst auf der Lohnliste des großen Sowjetvolkes.

Etwas mehr fragten die Franzosen und die Amerikaner nachher in West-Berlin. Die Alliierten, Stalins ehemalige Verbündete, waren ja die Stadtherren dort. Aber auch mit denen wurde ich fertig.

Die Kinder wurden wegen ihrer Sprachkenntnisse mißtrauisch beäugt. Sie sprachen deutsch, wie man es in Bukarest spricht, mit vielen rumänischen Wendungen. Andererseits entsprach das durchaus der Überzeugung der Beamten, daß die Aussiedler, wenn überhaupt, dann ein verdorbenes Deutsch sprechen würden.

Wir wurden gefragt, in welches Bundesland wir übersiedeln wollten, und wir sagten nach Berlin. Das überraschte die Beamten in Nürnberg. Wahrscheinlich haben sich kaum jemals siebenbürgisch-sächsische Familien für Berlin entschieden. Wir hatten aber eine gute Erklärung.

Wir hofften, in Westberlin schneller Arbeit zu finden. Die Beamten lächelten. Wie auch immer.

Berlin hatten wir gewählt, weil wir untertauchen wollten. Wir wollten keine Kontakte von früher. Weil ich ja aussteigen mußte. Meine Spur sollte sich verlieren. Onescu hatte Frankfurt zu unserem Aufenthaltsort bestimmt. Deshalb haben wir uns für Berlin entschieden. Es war ziemlich naiv. Zugegeben. Aber mehr war nicht zu machen. Ich wußte, wenn sie mich finden wollten, fanden sie mich eines Tages sowieso. Ein bißchen dachte ich schon, in Berlin vermuten die mich nicht. So nahe am Osten, mit der unkontrollierten Grenze zu den Kommunisten. Ich dachte, die vermuten mich weiter im Westen. In München, in Paris oder in Amerika. Sollten sie mich doch in Amerika suchen!

Ich dachte mir, vielleicht bin ich denen nicht so wichtig. Vielleicht haben sie ja Besseres zu tun. Wir gingen also nach Berlin.

17

Ich hatte nie Angst in Berlin. Ich hatte die Geschäftigkeit des Schläfers. In den langen Jahren meiner Zugehörigkeit zur Securitate hatte ich das Warten ja gelernt.

Ich lebte und funktionierte. Ich hatte mich damals in Rumänien nicht gefragt, ob es moralisch war, mit Erika zu schlafen und sie gleichzeitig auszuforschen.

Es ging ja nicht um sie. Es ging um die Dissidenten. Um Richartz und Martin. Aber es ging auch nicht um die einzelnen Personen. Sie waren egal. Es sollte vielmehr eine Eskalation verhindert werden.

Wir waren da, um für Ruhe und Ordnung zu sorgen. Für die Stabilität des Sozialismus, die Stabilität des Regimes. Lange hatte ich geglaubt, es wäre das gleiche: Sozialismus und Regime. Zu lange.

Im Westen hatte ich nie Angst. Ich hatte nie Angst vor der Entdeckung. Ich beschäftigte mich nicht mit dieser Fragestellung. Ich diskutierte sie nicht. Auch Lotte sagte nichts. Nach unserer Ankunft im Westen haben wir meine Securitate-Vergangenheit nie mehr erwähnt. Wir lebten wie die perfekten Protagonisten unserer Legende.

In Berlin lasen wir, Lotte und ich, die Essays von Richartz und die Artikel von Martin. Wir redeten darüber mit dem Interesse der Emigranten, aber ohne meine Securitate-Vergangenheit zu erwähnen. Gegen den Diktator waren wir zuletzt alle. Mir als gutem Rumänen konnte das Schicksal meines Volkes schließlich nicht egal sein. Und der Diktator, der große Chef, nahm meinem Volk die Luft zum Atmen.

Heute basteln alle möglichen Leute an ihren antikommunistischen Legenden. Alle sind sie Regimegegner gewesen. Ausnahmslos. Deshalb wollen die neuen Machthaber in Bukarest ja auch nicht die Akten öffnen. Das Öffnen der Akten würden wir, die ehemaligen Securitate-Leute, noch am besten verkraften. Aber diese sogenannten Regimegegner? Post-Festums-Dissidenten hat Richartz die mal genannt. Nicht schlecht. Gefällt mir heute noch.

Was haben die denn schon gemacht? Schulden beim Schriftstellerverband und ein großes Geschrei, wenn sie sich mal geweigert hatten, eine Huldigung zum Geburtstag des Großen Chefs zu verfassen. Was für eine Leistung!

Als hätte ich jemals eine Huldigung für diesen Tölpel verfaßt. Hab ich nicht. Und ich war schließlich bei der Securitate, die für alles und jedes verantwortlich sein soll. Wer hat dem Mann denn den Floh ins Ohr gesetzt? Wer hat ihn mit den großen Fürsten unserer glorreichen Geschichte verglichen, wir, die Securitate, oder sie, die ach so subversiven Schriftsteller und Künstler, die Historiker und Journalisten?

Am Anfang war er doch recht vernünftig. Hat sogar den Russen getrotzt. Den 21. August 1968 werde ich nie vergessen. Als er auf den Balkon heraustrat und den Einmarsch des Warschauer Pakts in Prag verurteilte. Das war meine Stunde. Es war die Stunde der Nation.

Unser Volk hat es an einen unwirtlichen Ort der Geschichte verschlagen. Immer im Wege der Imperien. Zwischen Orient und Okzident. Wandervölker. Türken. Habsburger. Nazis. Russen. Zum Überleben war da die Kunst der Unterwerfung äußerst gefragt. Der Seitentaleffekt, den Richartz beschrieben hat. Das Überleben in den Gebirgstälern, außerhalb der Geschichte, als Existenzprinzip.

18

In Berlin faßten wir schnell Fuß. Die Wochen im Übergangswohnheim vergingen mit Behördengängen. Als wir die nötigen Papiere beisammen hatten, wurde uns eine Sozialwohnung in Neukölln zugeteilt. Dort blieben wir die ersten zwei Jahre. Dort wurden auch die Kinder eingeschult.

Vorerst hatten Lotte und ich das Arbeitslosengeld. Es war nicht wenig, denn es wurde so berechnet, als wären wir als Verkehrspolizist beziehungsweise Deutschlehrerin in Deutschland arbeitslos geworden. Ein Segen, dieser Aussiedlerstatus.

Danach mußte Lotte noch ein paar Kurse belegen, für ganze zwei Jahre, um die Berechtigung zum Unterrichten in Deutschland zu erhalten. Ihr Studienabschluß aus Bukarest wurde anerkannt. Es war Lauferei damit verbunden, aber gegen das, was wir aus Rumänien kannten, blieb es ein Klacks.

Ich fing an zu überlegen, was ich machen könnte. Mit meiner vermeintlichen Verkehrspolizisten-Vergangenheit aus dem Osten. Hing in Kneipen rum, wälzte die Inserate in den Zeitungen. Fand bald Kumpels, mit denen ich in der Eckkneipe Billard spielte. Alle arbeitslos. Gute Kerle. Hatten immer 'ne Anekdote bei, 'ne kleine Aufmunterung. Dabei ging's ihnen selber dreckig. Wir wurden die Engelhardt-Bande genannt. Weil wir dieses komische Bier tranken: Engelhardt.

Unsere erste Urlaubsreise führte uns nach Italien. Wir haben ein klappriges Auto gekauft, für ein paar tausend Mark. Damit fuhren wir die Adria-Küste entlang, bis Rimini. Einen Nachmittag verbrachten wir in Venedig. Es war unser erster Westurlaub, frei von den Zwängen der Diktatur. Alles war plötzlich erreichbar, und es war selbstverständlich, daß es erreichbar war. Keine Verbote, keine Genehmigungen. Einfach nur reisen.

Ich erinnere mich gern an die Zeit in Neukölln. Nur Lotte gefiel es da nicht.

»Wir sind nicht ausgewandert, um in Deutschland in einem Slum zu leben«, pflegte sie zu sagen. »Was soll aus den Kindern werden? Hast du schon mal überlegt, was hier aus den Kindern werden soll? So viele Ausländer, Spritzen auf der Straße, Dreck.«

»Wir sind doch selber Ausländer«, sagte ich.

Sie blickte mich an. »Wir sind Deutsche«, sagte sie. Und damit war das Thema erledigt.

Als Lotte ihren Job an der Tempelhofer Schule bekam, betrieb sie sogleich unseren Umzug. Seither wohnen wir in Tempelhof. Die Kinder fanden es langweilig, ich, ohne meine Kumpels, auch, aber ich fügte mich. Lotte war nun der Boss. Ich war der Rumäne.

Trieb mich im Kiez herum. Blätterte immer noch in den Zeitungen. Lotte drängte mich nicht. Ich soff ja nicht, und soff auch nicht ab. Ich war ganz normal, und sie dachte, ich brauche eben Zeit, um das Richtige zu finden. Es war ja nicht nur Jobsuche, sondern auch Tarnung. Ich durfte niemandem auffallen. So machte ich das Dolmetscherdiplom. Ging ab und zu zum Dolmetschen. Ein Gelegenheitsjob.

Eines Tages – es war ein selten schöner Maitag – kam mir die folgenreiche Idee. Ich stand auf der Straße, zwei Ecken von unserem Haus entfernt, vor einem Lieferwagen. Auf dem stand in großen Lettern: »Detektei Schaub«. Detektei. Das war's.

Ich schrieb mir die Telefonnummer auf, rief gleich aus einer Telefonzelle an. So in Fahrt war ich. Ich rief an. Die Sekretärin meldete sich. Dagmar, wie ich später erfuhr.

»Kommen Sie doch morgen vorbei«, sagte sie, nachdem ich mich als Jobsuchender vorgestellt hatte. »Der Chef kann gute Leute immer gebrauchen.«

Ich ging hin. Wurde zum Chef gebracht. Ich schilderte ihm meine Lage, erzählte auch von meiner rumänischen Herkunft. Verkehrspolizei in Bukarest.

»Verkehrspolizist in Bukarest waren Sie?« Er lachte laut. »Das hatten wir noch nicht. Was können Sie denn so?« Ich sagte ihm, was ich konnte. Woher ich das alles konnte, interessierte ihn zum Glück nicht.

»Gut, Sie fangen am Montag an. Vier Wochen auf Probe. Dann sehen wir weiter.« Handschlag. Seither bin ich Detektiv.

Ich sagte es am Abend zu Lotte, als die Kinder schon schliefen. Sie nickte.

Die vier Wochen vergingen im Fluge, ich machte meine Sache gut.

»Du bleibst«, sagte der Chef und nahm zwei Bier aus dem Kühlschrank.

19

Mein Tag fing nun wieder früher an. Früher als der von Lotte. Bald war es wie in Bukarest. Bald war ich wieder der erste, der am Morgen aufstand. Der Mann im Haus. Der Job beflügelte mich. Nach Jahren wieder was zu tun. Ich nahm meine Arbeit sehr ernst. Daher auch mein guter Ruf in der Detektei. Ich bin Ausländer, mir wird nichts geschenkt. Es wird mir nichts geschenkt, aber meine Arbeit wird geschätzt. Das genügt mir. Es ist korrekt.

Ich lief zuerst ein paar Tage lang einer Frau nach, dann ein paar Tage lang einem Mann. Einfache Geschichten. Hatte ich im Handumdrehen erledigt. Der Mann hatte eine Geliebte, die Frau hatte keinen. Beide Fälle ordnungsgemäß abgehakt.

Dann kam diese Firma dran, die ihre notorischen Blaumacher loswerden wollte. Ich saß im Auto vor dem Haus des Krankgeschriebenen, ein Foto von einer Betriebsfeier vor mir, und wartete. Ich wartete zwei Tage, und es geschah nichts, und dann ging er wieder arbeiten. Aber die Woche drauf wurde ich von neuem eingeschaltet. Diesmal erwischte ich ihn.

Kaum hatte ich mich postiert, fuhr er auch schon aus der Garage heraus, ich hinterher. Er fuhr aus der Stadt hinaus, immer weiter raus, in irgendeine Mauergegend. Da hatte er ein Häuschen, und an dem Häuschen besserte er das Dach aus. Den hatte ich im Kasten.

War alles ganz leicht. Man mußte schnell sein, man durfte die Leute nicht verlieren, und im gegebenen Fall richtig kombinieren und handeln können. Sobald es nötig war. Nur wenn's nötig war.

Ein Detektiv darf sich sein Interesse nie anmerken lassen. Ein guter Detektiv ist der unauffälligste aller Menschen. Und das bin ich. Ich bin der personifizierte Durchschnitt. Ich bin unbeschreibbar. Zu den Faustregeln, die ich in der Securitate-Schule gelernt hatte, gehörte auch die folgende: Ein Zeuge sollte nie mehr über dich sagen können als einfach nur: Es war ein Mann. Ein Mann ohne jedes Kennzeichen. Keine Kennzeichen. Ich habe keine.

Ich war wieder in meinem Element.

20

Irgendwann fing ich an, ins Tempelhofer Schachcafé zu gehen. Schach war eine alte Leidenschaft von mir. In unserem Institut hatte es damit angefangen. Zeno hatte in mir die Neugier fürs Schachspiel geweckt. Er hatte es mir beigebracht.

Zeno fehlte aber die nötige Leidenschaft, wie ich meine. Er war ein eher melancholischer Spieler. Kein großer Techniker und auch kein Kämpfer. Ihm fehlte der nötige Trieb zum Sieger. Ein Jude, hätte Săracu bloß gesagt.

Ich dagegen war der geborene Kämpfer. Die Leidenschaft, einmal geweckt, war nicht mehr zu bremsen. Ich war mit Zenos Tricks bald durch, seine Freizeitspielchen befriedigten mich nicht mehr.

Das war die Zeit, in der ich anfing, an Schachturnieren teilzunehmen. Mein bester Partner war damals Kutura, ein Schriftsteller aus der ukrainischen Minderheit. Dieser war eine bekannte Figur unter den Autoren der damaligen Bukarester Boheme. Er gehörte zu den vollmundigen Rednern des Schriftstellerrestaurants. Redner nannten wir die, die nach ein paar Gläsern Hochprozentigem freche Sprüche über die Behörden, die Zustände und das Regime klopften.

Im Grunde waren sie harmlos. Sie beklagten sich im trunkenen Zustand über die Zensur und die mangelhafte Lebensmittelversorgung, aber, bereits lallend, vermieden sie es immer noch, den großen Chef, wie wir den Diktator nannten, beim Namen zu nennen. In der Regel. Es gab auch Ausrutscher. Die eine oder andere recht deutliche Anspielung mal, die wir so nicht hinnehmen konnten.

Wenn wir den Protagonisten zur Rede stellten, wurde er meistens butterweich, schwor allem ab und war bereit, als Beweis seiner Loyalität jede Informanten-Verpflichtung zu unterzeichnen. Wir verlangten das auch ab und zu, einfach um etwas gegen den Betreffenden in der Hand zu haben, aber wir verfolgten die Sache in der Regel nicht weiter. Die Kerle taugten als Informanten so wenig wie als Schriftsteller. Wie hatte doch Richartz einmal gesagt? Repressions-Alkies.

Das Dumme war nur, daß diese regimekritischen Besäufnisse zu den Mythen der Stadt gehörten. Das Gestammel verbreitete sich immer wieder gerüchtweise, so als ginge es um Heldentaten. Die Namen dieser Alk-Schriftsteller waren in der Bevölkerung ziemlich populär. Also mußten wir ein Auge auf die Leute haben.

Wir verhafteten ja schon lange keine sogenannten Regimekritiker mehr. Wir hatten elegantere Methoden, wie Săracu zu sagen pflegte. Solche, die dem Prestige des Großen Chefs in der Welt weniger schadeten.

Wir behielten die Typen im Auge, wir streuten Gerüchte über sie aus. Wir verbreiteten, daß sie mit uns zusammenarbeiten würden, daß sie Informanten wären. Wir ließen sie hemmungslos Schulden beim Literaturfonds machen, und wenn das alles nichts half, genehmigten wir ihnen West-Reisen. Einmal sorgten wir sogar dafür, daß eines dieser Genies noch rechtzeitig zum Flughafen kam. Es war ein Kälteeinbruch im Januar, und der Stadtverkehr war zusammengebrochen. Wir stellten ihm einen unserer Fahrer zur Verfügung, sonst hätte es im Westen geheißen, der talentierte Dichter, die Hoffnung der rumänischen Poesie, habe Reiseverbot.

Wenn sie im Westen blieben, waren wir sie los, und wenn sie wiederkamen, ließen wir sie trotzdem ein weiteres Mal reisen, und damit war endgültig erwiesen, daß sie für uns arbeiteten. Sogar im doofen Westen war das dann klar. Sie waren plötzlich Reisekader, wie die Ostdeutschen sagten. Abgestempelt. Träger der kommunistischen Tätowierung.

Wenn einer wegblieb, waren wir ihn in der Regel los. Die meisten hielten den Mund, sobald sie im schönen Westen waren. Schließlich wollten sie ihre Familien nachholen, die in Rumänien zurückgeblieben waren. Frauen und Kinder. Und solange die nicht ausgereist waren, schwiegen sie. Nun mußten wir diese Familien bloß lange genug dabehalten, damit das Wissen des Überläufers ausreichend alterte. Dann konnte er gar nichts mehr anstellen. Außerdem: seinen gesamten Clan konnte er sowieso nicht mitnehmen. Auf dem Balkan ist jeder mit jedem verwandt, und kein Verwandter sollte dem anderen schaden. Die Familie geht über alles. Eine vormoderne Gesellschaft, sagt Richartz.

Wir waren geduldige Geiselnehmer.

Blieb einer weg, hieß es am Institut, wieder ein Taxifahrer mehr. In unserer Vorstellung wurden die alle früher oder später Taxifahrer in Paris und München.

Es waren meist Wichtigtuer. Lächerliche Balkan-Protzer. Einer von denen soll sogar erzählt haben, er würde keine Probleme im Westen kriegen, weil er einen großen Schwanz habe. Die amerikanischen Frauen wüßten das zu schätzen. Hat man uns jedenfalls berichtet. Wir haben ihn reisen lassen. Mal sehn, hieß es, wie seine Taxe fährt.

So hatten meine Schachturniere also bald eine berufliche Dimension. Ich beobachtete Kutura. Das hatte den Vorteil, daß ich meiner Schachleidenschaft, uneingeschränkt von den sonstigen Verpflichtungen, nachgehen konnte.

Was ich auch anfing, ich war immer im Dienst. Das war mein Glück, und wie sich mit der Erika-Angelegenheit herausstellen sollte, auch mein Verhängnis.

In den ersten Jahren meines Westlebens blieb meine Schachleidenschaft verschüttet. Wahrscheinlich hatte das Spiel zuviel mit meiner Vergangenheit zu tun. Wahrscheinlich wollte ich mich nicht an die Begleiterscheinungen erinnern. Kann sein. Jedenfalls habe ich die ersten Jahre kein einziges Mal Schach gespielt. Sogar als Spieler war ich ein Schläfer.

Erst nachdem ich meinen Job in der Detektei angetreten hatte, kam der Gedanke ans Schach erneut bei mir auf. Eines Tages, als ich wieder mal jemandem unauffällig zu folgen hatte, ging dieser urplötzlich in ein Schachcafé. Ich wußte bis dahin gar nicht, daß es so etwas gibt. Merke dir: Es gibt nichts, was es im Westen nicht gibt. Und dazu noch in meinem Kiez, in Tempelhof. Hätte ich nie gedacht. Von Tempelhof erwartet man mit Recht nichts. Seit Speers Zeiten ist dort nichts Aufregendes mehr passiert. Es ist schlicht ein Wohngebiet. Blockade-Land pur. Ich hatte mich schon gewundert, daß mein Objekt den Bezirk ansteuerte. Die Überwachung hatte in Charlottenburg, zwei Stunden zuvor, begonnen. Nun waren wir in Tempelhof, und er hatte ein Schachcafé betreten. Ich folgte ihm.

Seither gehe ich regelmäßig zum Schachspiel hin. Ich hatte keine Anfangsschwierigkeiten. Ich setzte mich an den Tisch und spielte. Als hätte ich nie aufgehört.

Einer meiner Schachpartner wurde Schelski.

21

»Onescu hat angerufen. Er will sich mit dir treffen. Hier.« Lotte reicht mir den Zettel rüber. Eine Handy-Nummer.

Ich habe kaum die Wohnung betreten. Es ist ihr erster Satz nach dem Gutentag.

»Onescu«, sage ich. »Ruft er jetzt schon bei uns an? Das gefällt mir nicht.«

»Mir schon längst nicht«, sagt Lotte.

Wir setzen uns auf das Sofa. Sie nimmt meine Hand.

»Dinu«, sagt sie, »fängt das jetzt wieder an?«

»Was soll denn anfangen?«

»Wirst du diese Leute nie mehr los?«

Lotte ist den Tränen nahe.

»Und ich dachte, es wäre alles vorbei«, sagt sie. »Bin ich naiv!«

»Erika ist tot«, sage ich plötzlich. Ich weiß nicht, warum ich es sage, irgendwann muß ich es Lotte ja sagen.

»Dieser Name sollte doch zwischen uns nie mehr erwähnt werden«, sagt Lotte. Sie sagt es zornig. Die Jahre haben ihre Gefühle in der Erika-Frage keineswegs gemildert, wie ich merke. Es ist der unveränderte alte Zorn von Lotte.

»Lotte«, sage ich, »hör zu!«

»In dieser Sache nicht«, sagt sie.

»Trotzdem, hör mal zu. Sie ist tot. Und das Auftauchen von Onescu in Berlin hat mit ihrem Tod zu tun.«

Ich sehe Lottes Abwehrhaltung, spreche trotzdem weiter. Ich darf mich jetzt nicht unterbrechen lassen, ich muß die Geschichte zu Ende erzählen, so weit jedenfalls, wie ich bisher damit gekommen bin.

Ich erzähle ihr von meinem Detektei-Auftrag, die rätselhafte Frau betreffend, von der sich herausstellte, daß es Erika war. Ich erzähle von Schelskis Implikation, von seinen komischen Fragen. Von der Begegnung mit Onescu, von meinem Versuch, die Sache auf eigene Faust aufzuklären, von meiner Begegnung mit Dieter Osthoff. Sogar davon erzähle ich.

»So«, sage ich, »jetzt weißt du alles. Alles, was ich auch weiß.«

»Mußt du diesen Tod aufklären«, fragt Lotte nach einer Weile.

»Wenn ich Onescu loswerden will, ja«, sage ich schnell.

»Du tust es für sie«, sagt Lotte.

»Lotte, ich bitte dich.«

Sie geht aus dem Zimmer. Ich bleibe sitzen. Folge ihr nicht.

Nach einer Weile kommt sie zurück.

Sie setzt sich neben mich. Gibt mir einen Kuß. Umarmt mich, drückt mich fest an sich.

»Mach, was du für richtig hältst«, sagt sie. »Ich vertraue dir.«

22

Dieter zu finden war nicht allzu schwierig gewesen. Seine Firma stand im Telefonbuch. Allerdings im Hamburger. Aber ich wußte zuletzt durch Schelski, daß Dieter in Hamburg eine Zweitwohnung besaß. Vielleicht war es auch mal seine Erstwohnung. Die Lebensverhältnisse von Dieter und Erika erschienen mir recht verworren. Wohnte bloß Erika in Berlin? Wohnten sie beide hier? Und wo haben sie früher gewohnt? Lebten sie überhaupt zusammen? Ich hätte auch auf die Detektei-Akte zurückgreifen können, doch dazu hätte ich Dagmar einschalten müssen.

Ich rief also in seinem Büro an. Der Sekretärin sagte ich, ich wäre ein Ostgeschäftspartner von Dieter und müsse ihn in einer dringenden Angelegenheit sprechen. Sie gab mir seine Handy-Nummer.

»Hier spricht Dinu«, sagte ich auf die Mailbox des Funktelefons. »Dinu, damals in Bukarest. Mann von Lotte. Freund von Erika. Muß dich dringend sprechen. Es geht um Erika. Ruf mal zurück. Ich bin in Berlin.«

Es vergingen keine zwei Stunden, und Dieter war in meiner Leitung.

»Hallo«, sagte er. »Nach so langer Zeit habe ich natürlich ein paar Takte nachdenken müssen. Klar erinnere ich mich. Ich nehme an, du weißt, daß Erika tot ist.«

»Ja, deswegen habe ich angerufen.«

»Aha«, sagte Dieter. »Können wir uns treffen?«

»Genau das wollte ich auch fragen«, erwiderte ich.

»Gut«, sagte er. »Ich bin übermorgen in Berlin. Geschäftlich. Elf Uhr im Dressler Unter den Linden. Kennst du das?«

»Klar«, sagte ich.

»Ist es dir recht so«, fragte er.

Es war mir recht.

Dieter war auf die Minute pünktlich. Trotzdem erwartete ich ihn bereits. Aus alter Gewohnheit ging ich stets etwas früher zu den Treffs. Ich wollte die Lokalität abchecken, die eventuellen faulen Tricks herausfinden. Es mußte ja nicht jeder wissen, daß ich Dieter traf. Ich blickte mich ein bißchen um. Schelski schien mir noch keinen Schatten verpaßt zu haben. Seine Windhunde hätte ich mühelos entdeckt.

Dieter erkannte ich auf den ersten Blick. Er sah sich kurz um, dann wurde er durch mein Handzeichen und mein Lächeln auf mich aufmerksam. Er kam mit zügigen Schritten auf meinen Tisch zu. Ich stand auf, wir begrüßten uns. Er hatte die gleiche aufdringliche Freundlichkeit wie vor fünfzehn Jahren und dazu die scharf beobachtenden Augen, die diese Freundlichkeit sofort als Maske erkennen ließen.

»Du lebst in Berlin«, sagte er, während er die Getränkekarte studierte.

»Ja«, sagte ich.

»Hattest du Kontakt zu Erika?«

»Nein.«

»Und woher weißt du von ihrem Tod?«

Ganz schön scharf der Junge. Aber wer fragt denn hier wen aus? Und warum will der sofort wissen, ob ich Kontakt zu Erika hatte? Ist er tatsächlich eifersüchtig?

»Ich lese Zeitung«, sagte ich.

Er schlug sich lachend an die Stirn. »Bin ich blöd«, sagte er lachend. »Klar liest du Zeitung. Ober, einen Kaffee!«

Ich blickte auf seine Hände. Sie verrieten seine Unruhe, die er aus dem Gesicht zu verbannen suchte. Er bewegte die Hände hektisch, klopfte mit den Fingern unregelmäßige Taktfolgen auf die Tischplatte.

»Du weißt«, sagte ich, »ich habe Erika gut gekannt.«

»Ja, du hast mit ihr geschlafen, ich weiß«, sagte er merkwürdig gelassen. »Nichts für ungut.«

»Ich habe sie zwar nach ihrem Weggang aus Rumänien aus den Augen verloren, aber der Zeitungsbericht über den Todesfall hat mich sehr betroffen gemacht. Ich habe mich wieder an die alten Zeiten erinnert und mich gefragt, wie ist es möglich, daß sie tot ist. Das kann doch nicht sein. Ich kann es mir einfach nicht vorstellen. Auch jetzt nicht.«

»Sie ist tot«, sagte Dieter. »Wir hatten uns auseinandergelebt. Sie hatte seit Jahren eine Wohnung in Berlin. Wir lebten zwar in Hamburg zusammen, aber sie zog es immer wieder nach Berlin. Ich habe das nie verstanden.«

Ach so, dachte ich mir, und dann hast du ihr also den Detektiv nachgeschickt. Weil du ihre Entscheidung nicht begriffen hast. Weil sie sich dir entzogen hat. Du wolltest wissen, warum. Und in deinen Augen konnte es nur ein Liebhaber sein.

Ich nickte, sagte aber nichts.

»Ich dachte, ihr habt euch vielleicht in Berlin getroffen. Du lebst doch in Berlin!«

»Nein, wir haben uns nicht getroffen«, sagte ich.

»Über ihren Tod weiß ich nichts«, sagte Dieter. »Die Polizei hat mich zweimal ausgefragt, aber ich konnte ihnen nicht viel sagen. Da war so'n hartnäckiger. Schelski. Der fragte immer wieder nach meinen Kontakten von früher, nach Rumänien. Was den das angeht!«

Schelski, dachte ich mir. Der Schachspieler ist gar nicht so dumm.

»Ich kann keine Gründe für ihren Tod nennen«, sagte Dieter und zuckte die Achseln. Besonders unglücklich wirkte er nicht. »Ich kann mir nicht erklären, wie sie das tun konnte. Vielleicht war es ja ein Unfall. Es war bestimmt ein Unfall.«

»In den Zeitungsberichten wird spekuliert, sie sei ermordet worden«, sagte ich.

»Ermordet! Wer sollte sie schon ermorden?« Dieter hob hilflos die Arme.

»Dinu«, sagte er, »es tut mir leid, ich kann dir nicht weiterhelfen.«

Mir weiterhelfen? Als ob es darum ginge. Er redete wie der Schuft, der weiß, daß man keine Beweise gegen ihn hat. Wie eine lächerliche Krimigestalt redete er. Umging jedes Gefühlsdetail. Vermied jede Annäherung. Fragte nichts. Blieb einfach nur höflich. Es war jene gekonnt vorgetragene Unverbindlichkeit, auf der das Dach des Westens ruht.

Nein, von Dieter würde ich niemals etwas erfahren. Jedenfalls nichts Brauchbares. Sollte der Tod von Erika eine ganz banale Vorgeschichte haben? Vielleicht ist sie gar nicht ermordet worden. Vielleicht hat sie sich selbst in das Wasser gestürzt. Wer weiß. Aber auch dazu muß es Gründe gegeben haben. Am besten, ich rufe Onescu an. Vielleicht kriege ich was aus ihm heraus. Dessen Anwesenheit in Berlin ist bestimmt keinem Zufall zuzuschreiben. Und auch seine Begegnungen mit Erika nicht. Onescu also.

23

Die Russen sind wieder da. Spielen Gitarre im U-Bahnhof und in der Fußgängerzone an der Wilmersdorfer Straße. Kaum sind sie mit Panzer und Schmuggelware abgerückt, stehen sie schon wieder da, diesmal mit Instrument und Hut. Machen auf Künstler, Jude, Deutscher, Businessman. Mafia. Die Russen wirst du niemals los.

Ich treffe Onescu in einer Bar an der Kantstraße. Er kommt natürlich nach mir ins Lokal. Alte Taktik. Hat zuerst gecheckt, unter welchen Umständen ich gekommen bin. Die Umgebung ein bißchen betrachtet, und dann hat er mir auf die Schulter geklopft.

»Salut«, sagt er.

»Gehörst du vielleicht auch zur Russenmafia«, frage ich.

»Wieso«, sagt er und ist für einen Augenblick verblüfft.

»Weil du dich in Bars in Charlottengrad verabredest.«

Diesen Witz versteht er wohl nicht ganz, aber er lacht trotzdem.

»Ich dachte, die Russen wären im Osten«, sagt er.

»Die Russen sind immer da, wo du sie niemals vermutet hättest«, sage ich, und wir lachen beide. Wir lachen wie früher. Plötzlich habe ich den Eindruck, wir lachen wie früher.

Ich blicke Onescu an. Nein, die Kumpanei von früher darf sich nicht wieder einstellen. Nie mehr, sage ich mir. Basta.

»Wie läuft der Job«, fragt Onescu.

»Danke, ganz gut«, sage ich. »Habe heute grade einen langgesuchten Erben ausfindig gemacht.«

»Soso«, sagt Onescu, »interessante Arbeit.«

»Und du«, sage ich, »immer noch in Urlaubsstimmung?«

»Ich höre, du hast Osthoff angerufen«, sagt Onescu. »Du hast dich sogar mit ihm verabredet. Dinu, warum kannst du nicht endlich die Finger von der Sache lassen?«

»Ich bin neugierig«, sage ich.

»Es ist wegen Erika«, sagt Onescu.

»Ja, wegen Erika«, sage ich.

»Du hast sie geliebt«, sagt Onescu.

»Scheint so gewesen zu sein«, sage ich.

»Aber du hast sie doch ständig verraten, du hast sie benützt, jahrelang hast du sie benützt, du hast sie abgeschöpft.«

»Ich habe sie nicht verraten«, sage ich. »Ich habe ihr Wissen verwendet. Es ging ja nicht gegen sie. Und in der entscheidenden Sache habe ich sie nicht verraten.«

»In welcher entscheidenden Sache«, fragt Onescu sofort.

»In der Bulgarien-Affäre«, sage ich.

»Also doch«, sagt Onescu. »Das ist ein Hammer. Sie hat es dir erzählt, und du hast es nicht gemeldet. Du hast sie also tatsächlich geliebt. Dann hast du dir ja den Job bei der Verkehrspolizei redlich verdient.«

Onescu lacht. »Ich habe ihr übrigens erzählt, wir hätten von dem Fluchtplan gewußt und hätten sie gewähren lassen, weil es uns in den Kram paßte.«

»Das ist der größte Bluff, von dem ich jemals gehört habe«, sage ich, »und ich habe schon viele Bluffs erlebt. Bullshit, sagt man im Westen dazu.«

»Sei nicht so sicher«, sagt Onescu. »Weißt du, manchmal gehen Leute auf den Balkon, um etwas zu besprechen. Die Zimmer sind ja so klein in den Blocks und verwanzt, wie man weiß, da gehen die Leute auf den Balkon und erzählen sich an der frischen Luft Fluchtgeschichten, von Doi Mai und vom Goldstrand.«

Das ist nicht wahr, denke ich mir. Das darf nicht wahr sein. Das hat er jetzt erfunden.

»Warum hörst du nicht mit dem Schnüffeln auf«, fragt Onescu.

»Ich will wissen, wie sie gestorben ist«, sage ich.

»Es war ein Unfall«, sagt Onescu. »Sie war betrunken.«

»Beim letzten Mal war es noch die Russenmafia«, sage ich.

»Das war ein Witz«, sagt er.

»Ein Witz«, sage ich.

»Ja, ein Witz. Man wird doch noch Witze machen dürfen.«

»Aber Erika ist tot.«

»Du hast sie vierzehn Jahre lang nicht gesehen«, sagt Onescu. »Woher plötzlich diese Aufwallung der Gefühle?«

Ich schweige.

»Ich habe mit ihr gesprochen«, sagt Onescu. »Ich habe ihr erzählt, was du mit ihrem Wissen angefangen hast. Mit ihren Geschichten über Martin und Richartz. Ich habe ihr alles erzählt.«

»Hast du nicht.«

»Doch, ich habe ihr alles erzählt.«

»Und warum?«

»Kleine Rache, weil du uns im Stich gelassen hast, und für alle Fälle. Sie hat nach dir gefragt. Ihre Augen haben geglänzt, als ich sagte, du wärst in Berlin. Da wollte ich ein bißchen vorsorgen. Damit ihr euch nicht vielleicht plötzlich zusammentut. Lotte könnte mir dankbar sein.«

»Du bist ein Schwein«, sage ich.

»Schön ruhig bleiben«, sagt er. »Es kommt noch mehr. Ich habe ihr nämlich auch erzählt, daß wir durch dich von ihrem Fluchtplan wußten.«

»Das hat sie dir doch nicht geglaubt«, sage ich.

»Ich hatte gute Argumente«, sagt Onescu.

»Was für Argumente«, sage ich.

»Alles zu seiner Zeit«, sagt Onescu.

Er winkt dem Barmann, zahlt und geht.

»Bis bald«, ruft er mir aus der Tür zu.

24

Irgendwie hatte Onescu schon recht. Da habe ich vierzehn Jahre lang nicht mehr an Erika gedacht, wie man so sagt. Ich habe ein Leben ohne Erika gelebt. Und ich habe sie nicht vermißt. Manchmal ist sie mir schon eingefallen. Aber ich bin nie auf die Idee gekommen, sie zu suchen. Nie.

Das hatte mit meiner Mentalsperre zu tun, sage ich mir. Ich habe mir die emotionale Bindung an die Vergangenheit untersagt. Ich habe sie mir verboten. Schließlich wollte ich aussteigen. Die Securitate verlassen. Und die Securitate verlassen bedeutete, die Vergangenheit vergessen. Dazu gehörte auch Erika. Und es war auch wegen Lotte. Lotte hätte es herausgekriegt. Ich hätte es doch vor Lotte nicht verbergen können. Vor ihr kann man nichts verbergen. Auch Sehnsüchte nicht. Mit Lotte aber hatte ich einen Pakt. Ein Paragraph darin lautete: Erika hat es nie gegeben.

Das half mir. Denn so mußte ich mir nie Gedanken machen über mein Verhältnis zu Erika. Über mein Verhalten ihr gegenüber. Irgendwie war ich aus der Sache ganz gut herausgekommen. Schließlich hatte ich ihren Fluchtplan nicht verraten. Und dies wog alles andere auf. So dachte ich jedenfalls.

Und nun kommt Onescu, the devil himself, und erzählt mir bei einem Kognak – Gott, der trinkt immer noch Kognak, seit meinem Weggang aus Bukarest habe ich keinen Kognak mehr getrunken –, dieser Kognak-Onescu erzählt mir lächelnd, er habe Erika gesagt, sie hätten durch mich von dem Fluchtplan gewußt. Durch mich!

Aber sie haben nichts gegen die Flucht unternommen. Das wird sich doch auch Erika gedacht haben. Sie wird es ihm nicht geglaubt haben.

Und dann hat er ihr offenbar den Rest erzählt. All das, was stimmte. Das hat er ihr hundertprozentig zum Beweis erzählt. Daß ich sie ausgehorcht habe. Und sie wird gedacht haben, daß ich sie benützt habe, daß unsere Affäre nur ein Vorwand gewesen ist. Das wird sie geglaubt haben. Ihre merkwürdigen Anspielungen bei unserer Begegnung zuletzt in Berlin sind höchstwahrscheinlich auf Onescu zurückzuführen.

Aber so war es nicht. Ich möchte ihr alles erklären. Ich möchte ihr sagen können, daß es nicht so war. Nein. Ich habe sie geliebt. Ich habe sie wirklich geliebt. Und die Ausfragerei war mein Beruf. Es war mein Job. Ich konnte nicht anders. Ich hätte nicht anders können.

Ich dachte mir nichts dabei. Ich hielt es für selbstverständlich.

Aber Erika ist tot. Ich kann mich nun nicht mehr erklären. Rechtfertigen. Und vielleicht ist es auch gut so. Wer weiß, wofür das noch gut sein wird. Ich habe mich in die Welt gestürzt. Das habe ich nun davon.

Wäre Onescu nicht aufgetaucht, wäre das alles vielleicht nicht geschehen. Und ich würde mir diese Gedanken gar nicht machen. Im Grunde ist es nur wegen 1989. Zuerst hat mich der Kommunismus gestraft, jetzt erwischt mich sein Ende nochmals kalt.

So pathetisch bin ich manchmal. Strafe jedenfalls muß sein. Da hat unsere Orthodoxe Kirche schon recht. Auch wenn sie das Diktum nicht auf sich selber bezieht.

Gut, Onescu konnte wegen dem Ende des Kommunismus in Berlin auftauchen. Bleibt die Frage: Warum ist er gekommen? Doch wohl nicht, um Erika über die Vergangenheit aufzuklären, über die siebziger und über die achtziger Jahre. Das kann's doch nicht gewesen sein. Onescu muß einen Grund für seinen Berlin-Aufenthalt haben.

Diesen Grund muß ich herausfinden. Dann weiß ich auch, warum Erika sterben mußte.

Ich war ganz der alte. In mir dachte wieder das Polizistenhirn.

Ich nehme mir Dieter vor, den Geschäftsmann. Seine Geschäfte. Wieso wußte Onescu, daß ich Dieter getroffen habe? Onescu und Dieter. Vielleicht ist das die Spur.

II

Eine Wunde im Haar,
wie kurz doch unsere Liebe war!

Anemone Latzina

I

Ich heiße Klaus Richartz. Ich bin seit zwölf Jahren in Deutschland. Davor lebte ich in Rumänien, zuletzt in Bukarest. Ich stamme aus dem Banat.

Wo das liegt? Im Grenzgebiet zwischen den heutigen Staaten Rumänien, Ungarn und Serbien.

Aha.

Ich höre dieses Aha seit vielen Jahren. Ich weiß nicht, wie ich es deuten soll. Ich deute es lieber nicht.

Nein, ich bin kein Rumäne. Ich bin Banater Schwabe. Meine Vorfahren sind im achtzehnten Jahrhundert von den Habsburgern ins Banat geholt worden. Nein, sie kamen nicht von der Schwäbischen Alb, sondern aus der Pfalz und aus Baden, soweit sich das heute feststellen läßt. Damals gab es den Staat Rumänien in seiner heutigen Form noch nicht.

Meine Großeltern waren in ihrer Jugend österreichisch-ungarische Staatsbürger. Sie wurden nach dem Ersten Weltkrieg über Nacht zu rumänischen Staatsbürgern, ohne das Dorf, in dem sie lebten, verlassen zu haben.

Interessant. Und wann haben Sie Deutsch gelernt?

Deutsch ist meine Muttersprache. Wir hatten deutsche Schulen und deutsche Medien.

Und hat sich Ihre Sprache durch die Auswanderung verändert?

Das sind die Fragen, mit denen ich bei meinen Lesungen und Vorträgen konfrontiert werde.

Ich bin Schriftsteller. Früher in Rumänien habe ich vor allem Gedichte geschrieben.

Ja, in deutscher Sprache.

Und sie wurden dann ins Rumänische übersetzt?

Nein, sie wurden auf deutsch veröffentlicht.

In Rumänien?

Ja, in Rumänien.

Früher habe ich Gedichte geschrieben. Heute schreibe ich Essays. Jede Gesellschaft hat die Texte, die sie verdient, habe ich irgendwo gelesen.

Ich schreibe Essays zu osteuropäischen Fragen und zu Balkan-Themen.

Balkan-Themen?

Ich werde korrigiert. Ich sage: Südosteuropäische Themen. Balkan ist abwertend. Man weiß zwar nicht wieso, aber das Wort gilt als abwertend. Wie Tschechei, sagt jemand, und schon wissen alle Bescheid.

Rest-Tschechei, und trotzdem schreiben alle Zeitungen Rest-Jugoslawien. Macht nichts. Ich schreibe Essays über all diese Länder, die weit hinter Singapur liegen, irgendwo in der Walachei.

Ich habe auch über Deutschland geschrieben. Aber das hat den Leuten nicht gefallen. Sie redeten zwar vom fremden Blick, aber es hat ihnen nicht gefallen. Sie wollen den fremden Blick nicht allzu oft. Der fremde Blick ist ein Luxus, den man sich leistet. Die Westdeutschen leisten sich den fremden Blick einmal pro Jahrzehnt. Heleno Sana, zum Beispiel. Die verklemmte Nation.

Fremder Blick heißt, nicht dazugehören, heißt Ausländer. Ausländer heißt nicht dazugehören. Ich hätte bei den Westdeutschen den fremden Blick haben können, den Ausländerjob. Einmal im Jahrzehnt. Chamisso-Preis und so weiter. Nick-Neger sein. Wollte ich aber nicht.

Ich denke also über diese Balkan-Fragen nach, über das Pulverfaß und über den Weg von Sarajewo nach Sarajewo. Dann gehe ich zum Briefkasten. Und im Briefkasten ist dieses Päckchen. Hat gerade noch reingepaßt. Ich habe einen extra großen Briefkasten. Damit ich nicht für jeden größeren Umschlag zur Post muß. Denn die Hiwis, die diese Postler losschicken, werfen bloß den Zettel ein:

Adressat nicht angetroffen. Egal, ob du da bist oder nicht. Ich habe mit meinem Briefkasten vorgesorgt.

Ich bringe das Päckchen rauf. Schaue es mir aus alter Gewohnheit erst einmal an. Kein Absender. Früher hätte ich es nicht geöffnet. Aber jetzt ist ja alles vorbei. Das Diktatorenpaar ist Staub, und seine Lakaien sind Geschäftsleute. Ich mache den Umschlag auf. Er enthält ein dickes Konvolut, Begleitbrief hat es keinen. Es scheint sich um ein Manuskript zu handeln.

Ich bekomme manchmal Manuskripte von ehemaligen Landsleuten zugeschickt. Sie hoffen, ich könne sie an einen Verlag vermitteln. Kann ich aber nicht. Es sind meist hilflose Produkte. Die jeweiligen Verfasser sind der Überzeugung, äußerst wichtige Dinge erlebt zu haben, von denen die Öffentlichkeit unbedingt erfahren müsse. Enteignung, Deportation. Rußland, Bărăgan. Ceauşescu, Flucht. Leid und Schicksal. Opfer.

Diese Schreibhaltung ist von vornherein falsch. Erst wenn man weiß, daß man selber völlig bedeutungslos ist, sollte man mit dem Schreiben beginnen.

Kein Begleitbrief. Ich blättere kurz. Das Werk scheint von Rumänien zu handeln. Klar, sonst wäre es ja nicht in meinen Briefkasten gelangt. Aber es scheint auch mit Berlin zu tun zu haben. Doch warum ist kein Begleitbrief dabei? Der Begleitbrief ist doch das wichtigste. Er enthält die Ziele, die Wünsche des Absenders. Ohne Begleitschreiben ist die Briefsendung nutzlos. Wie Werbung ohne den Namen des Objekts, für das geworben wird.

Ich sehe den Rest meiner Post durch, frage mich wieder: Warum kein Begleitbrief? Wieso kein Absender? Ich muß also das Manuskript lesen.

Guter Trick, denke ich mir. Wenn Begleitbrief und Absender dabei gewesen wären, hätte ich es vielleicht nicht gelesen. So bin ich neugierig und lese. Und in ein paar Tagen klingelt das Telefon, und der Verfasser erkundigt sich nach meiner Meinung über das Manuskript.

Ich deponiere es am Schreibtischrand. Aber dann greife ich doch wieder danach.

Ich lege mich auf das Sofa, fange an zu lesen.

Beginnt wie ein Krimi, denke ich mir. Jetzt schickt man mir schon Krimis. Was habe ich nur falsch gemacht? Vielleicht liegt es ja am Balkan. Der Balkan ist voller Verbrechen. Weiß man doch. Darüber kann man sich schon bei Karl May informieren. In den Schluchten des Balkan. Durch das Land der Skipetaren. Der Schut. Ich lese also weiter.

Privatdetektiv in Berlin. Ein Rumäne. Nicht ohne Witz. Einer dieser Profiteure, die mit ihren deutschen Frauen ausgereist sind. Davon gab es genug. Ihre Frauen mußten in Nürnberg, im Aufnahmelager, glaubwürdig machen, daß sie, die Frauen, sich in Rumänien zum Deutschtum bekannt hätten, am besten der Vater bei der Waffen-SS und die Frau selber auf einem Foto beim Trachtenfest. Als Vortänzerin mit dem Strauß. Außerdem hatten sie zu versichern, daß sie, wie das Aussiedlerbeamten-Deutsch es vorsah, als Deutsche unter Deutschen leben wollten. Nicht als Deutsche unter Ausländern, sondern als Deutsche unter Deutschen. Der rumänische Ehemann wurde gar nichts gefragt. Er war der Ehemann und würde in Zukunft mit seiner deutschen Frau ebenfalls als Deutscher unter Deutschen leben. War kein seltener Fall.

Die Mischehen hatten bei der deutschen Minderheit am Ende des Zweiten Weltkriegs schlagartig zugenommen, als die Deportation zur Zwangsarbeit in die Sowjetunion drohte. Junge Bauerntöchter wurden über Nacht mit den Tagelöhnern, den sogenannten Knechten, verheiratet, um nicht deportiert zu werden. So fing es an. Später heirateten deutsche Männer rumänische Frauen, um in ihrer Berufskarriere besser voranzukommen. Und andere heirateten einfach wegen der Gefühle, und die Nationalität war ihnen egal. Da war das Ende der Minderheit schon vorauszusehen, wie die Nationalisten unter meinen Landsleuten zu sagen pflegten.

Also, ein Rumäne in Berlin. Seine sächsische Frau ist

Deutsch- und Englischlehrerin. Nichts Besonderes. Nur der Ort Berlin ist ungewöhnlich. Meine Landsleute zieht es vor allem nach Süddeutschland. Höchstens noch nach Hessen, ins Ruhrgebiet vielleicht. Die Sachsen.

Nein, sie haben nichts mit den Sachsen zu tun. Stammen weder aus Dresden noch aus Leipzig. Kein Dialekt zum Lachen. Sie sind aus dem westdeutschen, aus dem rheinischen Raum gekommen, im zwölften Jahrhundert. Die ungarischen Könige haben sie nach Siebenbürgen geholt. Berlin, ungewöhnlich.

Ich lese weiter. Bin ahnungslos, aber interessiert. Es geht um Bukarest, es geht um meine Zeit in Bukarest. Und dann merke ich, es geht auch um mich. Es ist gar keine Fiktion. Der Kerl hat nicht einmal die Namen geändert. Erika. Lotte. Dinu. Richtig, Dinu. An den habe ich überhaupt nicht mehr gedacht. Dinu Matache. Er war also bei der Securitate. Dinu bei der Securitate. Auch Dinu. Jemand muß es ja gewesen sein, der uns dauernd verpfiffen hat. Ob Lotte das gewußt hat? Klar wird sie es gewußt haben. Gewußt, alles gewußt, und nie einen Ton gesagt. Lotte mit einem Securisten verheiratet. All das Mißtrauen damals, das ganze Gift im täglichen Umgang, das ich nicht akzeptieren wollte. Weil man so nicht leben kann. Und jetzt soll das alles auch noch wahr gewesen sein? Die Wahrheit sozusagen, und mein Versuch, das Desaster zu ignorieren, naiv und vielleicht sogar fahrlässig? Manchmal denke ich mir, es ist gut, daß die Akten in Rumänien zu sind.

Und Erika? Hat sie das alles gewußt? Kannte sie die Wahrheit über Dinu? Lotte und Erika. Ich will es nicht glauben.

Ja, die beiden. Ich sehe sie vor mir. Lichtgestalten.

Lotte war eine rassige Sächsin, man sah ihr die Mongolenstürme an. Besonders ihre schwarzen Augen, die ihr schönes Gesicht erotisierten, zeugten davon. Erika war schmal und blond. Die Ausnahme-Schwäbin vom Lande. Sie wirkte so zerbrechlich, wie urbane Männer es mögen.

Lotte und Erika kamen seinerzeit in unseren Diskussionskreis. Lotte hat Dinu geheiratet, sie brachte ihn auch mit. Die beiden kamen aber nicht so oft. Dinu sagte selten etwas, er blieb der Begleiter von Lotte. Erika dagegen war bis zuletzt dabei. Und jetzt soll sie tot sein? Ob das eine Romanhandlung ist? Aber warum soll es eine Romanhandlung sein, wenn die Personen echt sind und die Vorkommnisse, an die ich mich erinnere, alle zutreffen?

Erika ist also tot. Ich wußte gar nicht, daß sie in Berlin lebt. Sie soll tot sein. Der Gedanke will mir nicht in den Kopf.

Plötzlich sind sie alle da, Lotte, Dinu. Erika. Erika hatte ja geheiratet. Hinausgeheiratet, wie die Schwaben sagten. Irgendeinen Westdeutschen. Hatte sie am Schwarzen Meer kennengelernt.

Die Mädchen fuhren ans Schwarze Meer, um Westdeutsche kennenzulernen. Jedenfalls jene, die ihre Männer selber finden wollten. Die anderen ließen sich welche aus der Westverwandtschaft oder aus deren Bekanntenkreis vermitteln. Viele junge Männer, die schon früher ausgereist waren, fanden in Westdeutschland keine Frauen. Die westdeutschen Frauen waren ihnen zu emanzipiert.

»Sie können nicht kochen«, sagten die Banaterinnen, die sorgenvollen Mütter. Also kamen die jungen Männer zu Besuch und holten eines dieser braven verträumten und westverliebten schwäbischen Mädchen heraus. So konnten sie mit der Brautwahl auch noch eine gute Tat verbinden. Sie retteten die jungen Frauen aus dem kommunistischen Lager. Ich glaube, die Reisen zu den Auserwählten nach Rumänien ließen sich sogar von der Steuer absetzen.

Erika wollte nicht verkuppelt werden, wie die Großmütter sagten, sie wollte sich ihren Westmann selber finden. So fuhr sie ans Meer und kam mit Dieter zurück. Sie war damals im letzten Schuljahr in Temeswar im Lenau-Lyzeum, und ich hatte gerade das Bakkalaureat gemacht, das Abitur.

2

Jazz ist in meinem Kopf. Jazz, meine alte Leidenschaft. Sanftes Klavier und wildes Saxophon. Chick Corea, It Could Happen To You. Paquito d'Rivera, Nuestro Bolero. Bilder stürmen meinen Kopf. Ich fliege durchs offene Fenster in den Frankfurter Vormittag, schreibe. Das Grammophon meiner Kindheit tönt laut, das Grammophon aus Amerika. Zwei Weltkriege, eine Melodie. Der Satz bricht ab, das Saxophon ist stumm. Für Sekunden stumm.

Ich lese in einem dieser Frauenbücher, die in Afrika, in Indien oder im Banat spielen und in denen jedes Kapitel mit der Beschreibung von Pflanzen und Früchten und Düften beginnt. So fängt das jedesmal an, und dann hast du bald eine ganze Familiengeschichte. Am besten gleich mehrere Generationen, und darin das Wachsen und Selbstbewußtwerden der Frauen. Ihre tiefen Verletzungen durch den Zustand der Welt. Manchmal kann man den Eindruck haben, die Welt ist nur eingerichtet worden, um diese Frauen so tief zu verletzen, daß sie diese wunderbaren Romane schreiben, die anschließend alle verfilmt werden. Das Leben ist wie Hollywood.

Ich lege das Buch aus der Hand und habe wieder, schon wieder, das Manuskript vor mir. Dinus Werk. Seit ich darin lese, ist Erika wieder auferstanden. Mit ihren ganzen Sinnen ist sie wieder da. Ich sehe sie vor mir, ihr Gesicht. Ihre Art zu lächeln, die unvergeßliche, und wie sich jetzt herausstellt, unvergessene. Wieso hatte ich nie mehr an sie gedacht? Seit vielen Jahren nicht mehr. Ich konnte es mir nicht erklären.

Erika. Romangestalt von Anfang an.

Sie war etwas Besonderes. Nicht das Muttertier, das Lotte immer schon vermuten ließ, Dinus Mammi. Erika hatte diese tiefen blauen Augen, und diesen auffallenden Akzent, halb deutsch, halb ungarisch. Erikas Mutter war Ungarin. Ich erinnere mich an Erika wie an die Miss Bukarest. Sie lief in diesen westdeutschen Klamotten, die sie regelmäßig von der Verwandtschaft bekam, über den Boulevard, und sonnte sich in den anerkennenden Blicken ringsum. Aber sie war keine Angeberin. Und sie hatte auch nicht dieses unweigerlich Nuttige, das die Bukaresterinnen annahmen, sobald sie westlich aussehen wollten.

In ihrem Gesicht war eher ein Zug von Bescheidenheit, wenn man mit ihr sprach. Diese Bescheidenheit aber machte ihr Gesicht noch schöner als es ohnehin auf den ersten Blick war. Sie war in einer unaufdringlichen Weise gescheit, von einer weiblichen Höflichkeit, die die Unterwürfigkeit ausschloß. Ihr Auftreten war gekonnt, sie war der Mittelpunkt und wußte doch im Gespräch den jeweiligen Männern den Vortritt zu lassen. Sie war eine Frau, mit der sich ein Mann damals gerne schmückte. Alle suchten ihre Nähe, sie aber blieb unnahbar, ohne abweisend zu sein. Es ist eine hohe Kunst der Frauen, die sie wie wenige beherrschte.

Natürlich übertreibt die Erinnerung in mir so manches. Es ist mehr als fünfzehn Jahre her. Und ich habe sie seither nicht mehr gesehen. Außerdem schlüpfte die Unnahbare auch gern in die Betten der Männer. Aber es war immer ihre Entscheidung, sie kriegte die Kerle und nicht die Kerle sie. Im Grunde sind wir alle leer ausgegangen.

Zwischen uns beiden war ein kleiner geheimnisvoller Ton. Ich sagte manchmal etwas auf ungarisch zu ihr, in jener Sprache, die ich bruchstückhaft von den Nachbarskindern gelernt hatte und die für mich bis heute ein Signal meiner Kindheitsgeborgenheit ist. Ich sagte etwas auf ungarisch, und sie belohnte mich mit einem hintergründigen Lächeln, das uns für Sekunden aus dem Bukarester

Alltag heraushob. Das uns unseren Banater Raum eröffnete, jenen vertrauten Raum der Kindheit, den Angehörige ethnischer Minderheiten gerne beschwören. Die Vergangenheit wurde zur Phantasie, die das reale Bukarest überwölbte und uns beide zusammengehörig erscheinen ließ. Fremde in der großen Stadt, in der wir aber nicht ungern waren. Wir haben dieses Spiel regelmäßig gespielt, und Erika spielte es gerne mit mir, wir haben es aber nie diskutiert.

Ja, ich habe Erika geliebt. Wahrscheinlich habe ich es ihr nie wirklich gesagt, aber ich habe sie geliebt.

3

Trotzdem habe ich sie nach meinem Weggang nicht mehr gesehen. Gründe? Könnte keine nennen. Ich war im Westen, sie in Rumänien. Irgendwann habe ich gehört, daß Dieter sie herausgeholt hätte. Irgendein Landsmann hat es mir erzählt. Die Landsleute pflegen den alten Tratsch ja auch nach ihrer Auswanderung. Ich habe wenig Kontakt zu ihnen. Diesen dümmlichen Folklorismus möchte ich mir nicht auch noch im Westen reinziehen.

Sie haben ihr eigenes Kommunikationssystem. Damit werden alle Neuigkeiten über die alten Bekannten verbreitet. Ab und zu wurde ich auch zum Teilnehmer. Es ließ sich einfach nicht vermeiden. Immer wieder kamen Landsleute zu meinen Lesungen, erzählten ungefragt von gemeinsamen Bekannten, früheren Freunden. Durch diese Art der Berichterstattung bekamen die Lebensläufe einen schicksalhaften Zug, eine Ersatzbedeutung, die den Emigranten offenbar die Verlorenheit verdeckt.

Mich störte diese Verlorenheit nicht. Ich hatte zunehmend Mühe, mich an die vielen Menschen von früher zu erinnern. Der gemeinsame Raum war verschwunden. Mein heutiges Leben ist ein anderes. Und das ist gut so.

Erika hätte sich ja melden können, sage ich mir. Hat sie nie getan. Ich wußte nicht, wo sie lebt. Mit Dieter gab es sowieso kaum Gemeinsamkeiten. Außer daß er mal ein Manuskript in den Westen geschafft hat oder einen Brief. Mehr als einen Kurier sahen wir nicht in ihm. Er sorgte für die Verbindung zwischen mir und Martin, nachdem dieser im Westen geblieben war.

Von Dieter hatte ich irgendeine Adresse. Habe sie aber

nie benützt. Vielleicht hatte das alles auch mit Kerstin zu tun, die ich bald nach meiner Ankunft in Frankfurt kennenlernte. Bei irgendeinem Jazzkonzert. Kerstin wußte weder, wo Bukarest liegt, noch was das Banat ist. Und sie wollte es auch nicht wissen. Es war nicht Teil ihrer Welt. Beides nicht. Durch Kerstin erfuhr ich zum ersten Mal die Relativität von Bedeutungen. Da war eine komplette Lebenswelt, deren Zwänge mich bestimmt und geprägt hatten, deren Gefahren ich ausgesetzt war, und hier in Frankfurt bedeutete sie nichts mehr. Hier waren nicht nur meine Lebensumstände, sondern auch meine Lebensanstrengungen, der ganze Kampf, nichts als eine Luftblase, im besten Fall eine Dissidentengeschichte.

»Ich war nie gut in Geographie«, sagte Kerstin mit einem überwältigenden Lächeln. Es war am Anfang meiner Westzeit. Also versuchte ich es ihr zu erklären. Sie nickte ein paarmal, und ihr Lächeln veränderte sich nicht.

Sie nahm meine Hand und sagte: »Du süßer Antikommunist, ich will dir was in dein taubes Ohr flüstern.« Ihre Lippen näherten sich. »Laß uns zu mir gehen, dort kannst du mir deine schreckliche Diktatur zeigen. Mal sehn, was sie so zu bieten hat.«

4

»Martin hat für uns gearbeitet.« Das ist schon wieder dieser Onescu. Dafür, daß er nichts mit ihm zu tun haben will, trifft Dinu ihn ziemlich häufig. Kann sich natürlich mit dem Fall herausreden. Mit Erika. Daß er ihm die Würmer aus der Nase ziehen will. Ein Securist dem anderen. Soweit ist es gekommen. Das ist Bukarest. Bukarest in Berlin. Und es ist Rumänien. Das ist die Wende in Rumänien. Ein Securist zieht dem anderen die Würmer aus der Nase.

Onescu und Dinu treffen sich schon wieder in Charlottengrad.

»Zweimal am gleichen Ort«, sagt Dinu, »ist das nicht gegen die Regel?«

»Falls uns einer nachschnüffelt, denkt er, wir gehören zur Russenmafia, und dann haben wir unsere Ruhe.« So Onescu.

»Soll das wieder ein Witz sein?« sagt Dinu.

»Nimm es, wie du willst.«

»Wie meinst du das mit Martin«, fragt Dinu.

»Er steht auf unserer Liste. Actele vorbeşte. Die Akte spricht«, sagt Onescu und klopft mit seinem Glas auf die Tischplatte.

»Am Ende haben alle für uns gearbeitet«, sagt Dinu.

»So ist es.«

»Und warum ist es dann im Dezember 1989 zum Aufstand gekommen?«

Gute Frage. Was wohl Onescu dazu sagen wird?

»Weil wir es so wollten.« Die Antwort kommt sofort.

»Ihr?« Dinu lacht.

»Ja, wir. Und du hättest auch dabei sein können, bei dem historischen Akt, wenn du uns nicht im Stich gelassen hättest, lieber Dinu! Aber du hast dich ja mit den Deutschen gemein gemacht, deutsche Frau, deutsche Kinder.«

»Laß Lotte aus dem Spiel«, sagt Dinu.

»Schon gut. Hast du uns eigentlich verraten? Hast du nicht, sonst wüßten wir's nämlich. Diese Postbeamten vom BND hätten es schon rumerzählt.«

»Also«, sagt Onescu, gibt sich einen Ruck. »Was glaubst du, wer die Massen in Bukarest in Bewegung gesetzt hat, na? Kleine Preisfrage. Du kommst nie drauf. Ich sag's dir, Dinu, wir waren es. Wir. Wir haben den Stiefelmacher vom Dach geschubst.«

»Ihr seid wohl die Revolutionäre gewesen, was?« Dinu lacht laut.

»Wer denn sonst? Im Ernst, ohne uns hätte das Volk es nie geschafft.« Onescu nickt wie zur Bestätigung seiner eigenen Worte.

»Die haben alle für uns gearbeitet«, sagt er. »Bloß jetzt erinnert sich keiner mehr daran. Und wenn wir ihnen die Akten zeigen, sagen sie prompt, wir hätten diese nach der Revolution gefälscht. Als hätten wir nichts Besseres zu tun gehabt nach der Revolution als Akten fälschen. Unser Laden befand sich im Chaos. Kein richtiger Chef, wie du vielleicht weißt. Die Befehlslage war katastrophal. Deshalb bist du ja auch ungeschoren geblieben. Bisher.« Onescu hat ein kleines Flackern in den Augen. Er fährt fort: »Schau dir an, was Martin so schreibt. Als wäre er der Held der siebziger Jahre gewesen.« Onescu trinkt sein Glas leer.

»Noch ein Kognak«, ruft er der Kellnerin zu. Er hat schon drei getrunken.

»Wie komme ich überhaupt auf Martin«, murmelt er. »Es ist wegen dir. Die hatten doch alle mit dir zu tun, Dinu. Und jetzt blasen sie sich auf. Als Sieger der Geschichte. Die hätten doch meckern können, so viel sie wollten.«

»Und doch haben sie dafür gesorgt, daß der Ruf des Stotterers in Westdeutschland in den achtziger Jahren erheblich gelitten hat«, sagt Dinu. »Daß der Ruf Rumäniens schwer geschädigt wurde, wie es in der offiziellen Sprachregelung von damals hieß.«

Onescu macht eine wegwerfende Handbewegung. »Die sogenannten Dissidenten schmücken sich mit den Früchten unserer Arbeit.«

Das ist ja toll, denke ich mir. Es ist großartig. Der chamäleonische Mythos der Securitate. Er wird nie verschwinden. Die Verschwörungswelt des Balkans braucht solche Protagonisten. Der Einzelne erhält seine Bedeutung durch das Wissen der Macht über ihn, und seine Zuversicht gründet auf seiner Teilnahme an diesem Geheimwissen. Das alltägliche Leben aber wird grundiert von der unaufhörlichen Verwandlung des Geheimnisses in Klatsch und des Klatsches in ein Geheimnis.

»Eines Tages hätten wir Martins Verpflichtungserklärung veröffentlicht«, sagt Onescu.

Soso, sage ich mir. Und warum habt ihr's nicht getan?

Dinu stellt die gleiche Frage. Nicht schlecht, das Manuskript. Der Ex-Securist lernt auch noch schreiben.

»Es wäre gegen das Prinzip gewesen«, sagt Onescu. »Man muß langfristig denken. Jeder Geheimdienst wird daran gemessen, ob er in der Lage ist, nichts auszuplaudern. Hast du das schon vergessen, Mann? Wir waren mal der drittbeste Geheimdienst der Welt, gleich nach der CIA und dem Mossad! Du scheinst eine Menge vergessen zu haben. Wie übst du denn überhaupt deinen neuen Beruf aus? Na ja, berühmt sind die Privatdetektive in Deutschland nicht.«

»Onescu, ich weiß nicht, warum ich mir das anhöre«, sagt Dinu.

»Schon gut«, beschwichtigt Onescu, »du bist zimperlich wie ein richtiger Deutscher. Wer hätte das gedacht. So richtig angepaßt. Lottes Mann. Kurzum, Martin hat für uns gearbeitet. So dumm war der Jude auch wieder nicht. Jidanul«, sagt Onescu. »Zeno. Dieser hat mit Martin viel über die Geschichte des Kommunismus diskutiert. Über die dreißiger Jahre und über die Fünfziger. Da wußte der Jude ziemlich gut Bescheid. Und darüber ließ sich in den Siebzigern ganz gut reden. Es ging ja gegen die Russen. Gegen den Stalinismus. Hatten wir doch verurteilt. Öffentlich ging zwar nicht allzu viel, weil die Sowjetbotschaft immer gleich protestierte. Du wirst dich noch an die Affäre mit dem Roman von Preda erinnern, der erste, der über unseren Marschall Antonescu geschrieben hat. Du weißt sicher noch, wie nervös die Russen da wurden. Wegen des Faschismus, wie sie sagten, aber im Grunde wußte doch jeder, es ging ihnen um Bessarabien, pardon die Moldaurepublik, oder wie die hier sagen«, er blickt in die Runde, »Moldawien.«

»Moldawien!« ruft er laut, aber niemand dreht sich um.

»Onescu, wir fallen auf«, sagt Dinu.

»Na und«, erwidert dieser erregt.

»Es ist gegen die Regel«, sagt Dinu.

Onescu schweigt.

»Wie komme ich bloß auf Martin«, sagt er dann. »Jetzt weiß ich es wieder. Kaum bin ich in Deutschland, schlage die Zeitung auf, und worauf stoße ich? Ich stoße auf einen Artikel von Martin. Starker Tobak, sage ich dir. Über den verbrecherischen Charakter der Securitate. Über das Leiden der Oppositionellen in den achtziger Jahren. Wir hätten Menschen verschwinden lassen. In die Psychiatrie eingeliefert. Getötet. Sogar verstrahlt, was weiß ich. Alles sei unaufgeklärt, weil wir in Bukarest immer noch das Sagen hätten. Und als Beispiel gibt er natürlich den Tod von diesem Aphorismenbastler, von diesem Maulhelden, diesem Ingenieur an, bei dem sie damals die Devisen gefunden haben.«

»Und die Tagebücher«, sagt Dinu.

»Eh, Tagebücher, diese Schmierblätter meinst du, worin

er die Lenutza, die erste Frau des Landes, zur eisernen Fotze gemacht hat. War ganz witzig, aber nicht gut, sag ich dir, nicht gut für die Gesundheit.«

»Also«, sagt Dinu.

»Wir hatten nichts damit zu tun«, brummt Onescu. »Umsonst grinst du. Es waren die von der Miliz, es waren die gleichen, die auch im Dezember 1989 die Studenten halb tot geprügelt haben, und nachher hieß es, wir seien es gewesen. Ich sage dir, es waren die Analphabeten von der Miliz. Die konnten doch nicht mal prügeln. Denen starben die Leute eben auch mal. Unwissenschaftliche Verhörmethoden. So war's auch mit diesem Aphorismenschmierer. Und jetzt schreibt Martin, der große Kämpfer, wir hätten den Mann auf dem Gewissen. Aber unser Gewissen ist rein. Und Martin sollte besser über sich selber nachdenken.«

»Und warum das, wegen dieser Verpflichtungserklärung? Davon gibt's doch genug. Den Wisch haben doch nicht wenige unterschrieben, aber geliefert haben sie trotzdem nichts, jedenfalls nichts Brauchbares«, sagt Dinu. »So ein Zettel reicht doch nicht einmal zum Arschabwischen.«

Onescu wiegt den Kopf hin und her: »Er hat etliche Gespräche mit Zeno geführt.«

»Und worüber? Über den Weltkommunismus und Zenos Rolle als junger Mann in diesem Weltkommunismus«, sagt Dinu. »Das kennen wir doch. Du weißt selber, daß Zeno öfter darüber sprach. Doch wollte es keiner von uns hören. Weltkommunismus. Judenidee. Aufbruch, fünfundvierzig. Nach der Rückkehr aus den Lagern in Transnistrien. Juden. Die hätte der Marschall dort ruhig verrecken lassen können. So kamen sie fünfundvierzig in Scharen nach Bukarest. Saßen überall, in der Partei, in der Armee, in der Securitate. Du weißt doch, wie lange es dauerte, bis wir Rumänen wieder in den Ämtern saßen. Bis die Rumänisierung des Apparats durchgesetzt war. Diese vaterlandslosen Gesellen, diese Axtstiele, haben zuletzt sogar rumänische Namen angenommen. Alter jüdischer Trick. Hat ihnen aber nichts mehr genützt. Der Chef hat sie nach Israel verkauft. Gutes Kontingent. Aber die wollten doch gar nicht nach Israel. Die wollten lieber nach Deutschland, weil es dort Geld gab.«

»Wir wollten das alles doch von Zeno gar nicht hören«, sagt Dinu. »Damals, am Ende der siebziger Jahre, war Zeno bloß noch ein Fossil. Vielleicht hat er in Martin einfach den richtigen Zuhörer gefunden, vielleicht war Martin der ehrliche Zuhörer für dieses Vermächtnis von Zeno. Zeno war doch heimlich der Meinung, daß wir Nationalisten die Entartung des Kommunismus betreiben würden. Er hatte einen kommunistischen Messianismus. Den ist er nie losgeworden.«

Onescu sagt nichts. Er nickt mehrmals.

»Aber da sind auch Berichte«, sagt er.

»Von Martin geschrieben«, fragt Dinu. »In seiner Handschrift?«

»Nein«, sagt Onescu. »Es sind Zenos Berichte. Zusammenfassungen. Zenos Treffberichte.«

»Wer weiß, was Zeno da zusammenkolportiert hat. Er mußte seine Begegnungen mit Martin doch rechtfertigen. Sonst hätte er den Mann nicht mehr treffen können. Und wem hätte Zeno dann seine Memoiren erzählt«, fragt Dinu.

Onescu blickt ihn wenig überzeugt an.

»Martin war der ideale Gesprächspartner für diese Fragen. Er war an der Thematik der kommunistischen Weltbewegung ehrlich interessiert, kannte sich auch ziemlich gut darin aus. Das muß dem einsamen Juden unter uns doch gefallen haben.«

»So gut, daß er sich ausgerechnet einem Deutschen anvertraut hat, Sproß eines Waffen-SS-Vaters.« Onescu lächelt.

»Vielleicht haben sie ja deutsch miteinander gesprochen. Vielleicht hat diese Ammensprache aus Zenos Kindheit ihn weichgemacht. Diese deutsche Kindheitssentimentalität werden die meisten Juden doch nie los. Egal, was danach geschehen sein mag. Gegen den deutschen Kitsch sind sogar die ehemaligen Lagermenschen machtlos. Außerdem war Zeno in einem rumänischen Lager.«

»Wie du meinst.« Onescu lenkt ein. »Aber ich sage dir: die Akte spricht. Übrigens, weißt du, was Zeno heute macht? Er ist in der jüdischen Gemeinde aktiv. Betreibt einen Verlag in Bukarest. Gibt Bücher zur Geschichte der rumänischen Juden heraus. Ein erfülltes Leben«, sagt Onescu.

Ja, ich erinnere mich an diese Zeit. Martin hat von dem Anwerbungsversuch erzählt. Er hat aber nie gesagt, daß er eine Verpflichtungserklärung unterschrieben hat. Auch von Zeno hat er erzählt. Ich erinnere mich. Es habe ein paar Begegnungen gegeben. Auch vom Kommunismus und der Jugend Zenos hat er gesprochen. Und daß ihn das interessiere. Und er hat gesagt, die Begegnungen hätten aufgehört, weil er die Zusammenarbeit mit der Securitate abgelehnt habe. So hat Martin das damals dargestellt. Ich erinnere mich noch gut daran. Vielleicht sollte ich ihn nochmals fragen. Jetzt, wo alles vorbei ist. Was ist vorbei? Und was soll ich ihn fragen? Er hat also eine Verpflichtungserklärung unterschrieben, von der er mir nichts gesagt hat. Jedenfalls behauptet dieser Onescu das. Vielleicht ist es ja gar nicht wahr. Es kann aber auch wahr sein. Und wenn Martin diese Einzelheit unterschlagen hat, hat er dann in den anderen Fragen, seine Begegnungen mit Zeno betreffend, die Wahrheit gesagt?

Jetzt fängt das alles wieder an. Schon die Fragen sagen mir, daß ein Gespräch zu diesem Thema nur die Form des Mißtrauens annehmen kann. Die Macht der Geheimdienste besteht im Zerstören der Gefühle, auch in ihrem rückwirkenden Zerstören. Diese Macht ist ewig.

5

Martin sehe ich sehr selten. Ich weiß überhaupt nicht, in welcher Form ich ihn heute nach dieser Sache fragen sollte. Wir sind uns gar nicht mehr so nahe, als daß ich einfach fragen könnte.

Das war in der ersten Zeit nicht so, hat aber trotzdem mit dieser Zeit zu tun. Genaugenommen hat es mit unserer Wiederbegegnung in Frankfurt zu tun. Martin war seit zwei Jahren da, als ich ankam. Er war ziemlich ernüchtert. Seine Gedichte wollte keiner, seine Berichte über Rumänien wurden höflich zur Kenntnis genommen. Man hatte ihm ein Stipendium zugeschoben. Es war eines dieser Ostmitleids-Stipendien, die ursprünglich für die DDR-Dissidenten geschaffen worden waren. Man hatte ihn schwimmen lassen. Er schwamm schlecht. Und es war ihm anzusehen, daß er schlecht schwamm.

Die Wiederbegegnung mit mir erinnerte ihn, glaube ich, an die wichtigeren Zeiten. Nicht an die besseren, aber an die wichtigeren. Und das vertrug er schlecht. Mir wurde das erst später klar. Damals, in den ersten Monaten und Jahren in Frankfurt, hatte ich den Kopf nicht frei für solche Gedanken. Ich beschäftigte mich mit dem Zustand der Welt. Der Zustand der Welt, das ist der Fundus des Emigranten. Als Emigrant besitzt man so wenig, daß man sich an der Welterklärung festhalten muß.

So fing ich an, meine Essays zu schreiben. Ich schrieb die Gedankengänge auf, die aus den zahllosen Gesprächen in Bukarest und aus den Erlebnissen im Banat resultierten. Ich schrieb das alles erst im Westen auf. In Rumänien hätte ich keine Zeile davon veröffentlichen können, sagte ich.

Vielleicht war das nur eine Ausrede. Vielleicht mußte ich erst die Angst loswerden, um es so deutlich aufschreiben zu können.

Martin und ich steckten nicht dauernd zusammen. Wir waren in unserem Selbstverständnis nicht im Exil. Wir waren zwar im Westen geblieben, wollten aber keine Exilanten sein. Wir verstanden uns als deutsche Schriftsteller, wie in Rumänien auch. Das war für uns nie eine Frage gewesen, aber um das unserer neuen Umgebung klarzumachen, verbrauchten wir die Energie etlicher Jahre, mit dem Ergebnis, daß die meisten uns bis heute für Rumänen halten, die irgendwie deutsch schreiben. Ich habe aufgegeben. Sollen sie doch denken, was sie wollen, sage ich mir.

Wir waren nun im Westen, Martin und ich. Im weiten, unübersichtlichen Westen. Den großen Gegner gab es noch, aber er rückte uns nicht auf den Leib. Er blieb unsichtbar. Bis auf das eine Mal, als wir die Drohbriefe erhielten. Schön mit der Post. Wir sollten aufhören, Rumänien zu verunglimpfen, sonst wäre unser Leben in Gefahr. Die Absender bezeichneten sich als Söhne irgendeines dieser Heiducken.

Wir waren im Westen und wollten Schriftsteller sein. Wir hockten in Frankfurt, jeder vor seiner Schreibmaschine, und vor uns lag die große weite Welt. Aber sie blieb stumm.

Frankfurt war für uns ohne Sprache. Eine Kleinstadt mit Skyline. Es war blind und stumm. Seine Stummheit war grundiert vom Dialekt des Alltags. Eine Metropole mit Dialekt, welch ein Mißverständnis. Das ausgesucht höfliche Interesse, dem wir begegneten, verschlug uns die Sprache.

Die einheimischen Kollegen blickten uns mitleidig an. Die eine Hälfte von ihnen hielt uns für Reaktionäre, die das rechte Potential in der Bundesrepublik verstärkten und deshalb von der CDU gefördert wurden. In ihren Augen war die CDU sowieso eine Tarnorganisation der Waffen-SS, und wir waren zwangsläufig an Bild verkauft, und das war eine Art Völkischer Beobachter mit amerikanischer Lizenz.

Die andere Hälfte dachte, wir würden unsere Schauergeschichten vom Balkan nur erzählen, weil die Medien uns dafür bezahlten. Sie dachten, wir seien ohnehin nur wegen des Geldes in die Bundesrepublik gekommen. Wir seien Gefangene des Geldes. Wie sie selber.

Die meisten Frankfurter Kollegen nahmen uns nicht ernst. Sie waren viel zu sehr mit der Pflege ihres Sozialismus-Bildes beschäftigt. So konnten sie unsere Warnungen vor dem Zustand des Ostens nicht ernst nehmen.

Was mich an ihnen frappierte, war die Gleichzeitigkeit von Verbalradikalismus und Opportunismus. Als sollten der deklarierte Antikapitalismus und der schmissige Antifaschismus den Opportunismus rechtfertigen, der ihre täglichen Handlungen grundierte. Eigentlich war es nichts als Gleichgültigkeit. Gleichgültigkeit, die durch einen schrillen Marxismus verdeckt wurde.

Das Jahr 1989 hat sie kalt erwischt. Strafe muß sein! Manchmal erscheint mir das Jahr 1989 wie die große Rache an den Frankfurter Kollegen.

Wahrscheinlich hatte meine Trennung von Martin auch mit Kerstin zu tun. Mit Kerstin und mit Christine. Christine hat Martin bei einer Lesung kennengelernt. Dichter aus dem Osten lernen Frauen meistens bei Lesungen kennen. Christine hatte einen Hang zu politisch verfolgten Männern, die aus dem Osten kamen. Christine war die Ausnahme. Damals stand diese Art Frauen noch stark auf die Lateinamerikaner, Chilenen und Nicas. Später kamen die Kurden dazu, und noch später die Tibetaner. Die Osttimoresen und die Ex-Jugoslawen.

Christine stand auf Osteuropäer. Sie arbeitete in einer Amnesty-Gruppe und war dort die einzige, die für Adoptionen von Dissidenten aus Osteuropa plädierte, wodurch sie immer wieder endlose Diskussionen darüber provozierte, ob die Gruppe dadurch nicht als antikommunistisch eingestuft werden würde und so den Beifall von der falschen Seite bekäme. Das würde den Rechten von der CDU nämlich so passen.

Christine aber ließ nicht locker. Ihr Engagement kam durch eine Jugendliebe zustande, einen polnischen Studenten, der in den Westen geflohen war und der ihr vom Arbeiterprotest von 1976 erzählt hatte, vom Streik und von der Repression. Von den »Gesundheitspfaden«. Polizeispaliere, in denen die Gefangenen bis zur Bewußtlosigkeit geschlagen wurden. Von der Gründung des Komitees zur Verteidigung der Arbeiter.

Die Liebe hat nicht allzu lange gehalten, Christines Engagement dagegen war von Dauer. Diese Liebe oder Liebschaft hatte einen Erweckungszweck. Als hätte die Schwarze Madonna von Tschenstochau darüber gewacht.

Christine ging zu allen Osteuropa-Veranstaltungen. Ihre nächste Eroberung war ein slowakischer Lyriker, der die Charta 77 unterzeichnet hatte und so in den Westen gekommen war, wo man, wie er bald feststellen mußte, nur tschechische Schriftsteller kannte.

Christine bemühte sich, ihm über die schwere Zeit hinwegzuhelfen, und so erfuhr sie mancherlei über die Frustrationen der slowakischen Nation, über die Frustrationen der kleinen Nationen überhaupt, und irgendwann klagte der slowakische Dichter nur noch. Schrieb kaum noch was und wandte sich schließlich dem Autohandel zu. In seiner kommunistischen Heimat hatte er wegen seiner Charta-Unterschrift zuletzt in einer KFZ-Werkstatt arbeiten müssen, obwohl er Akademiker war, wie die meisten Lyriker aus dem Osten, und in dieser KFZ-Werkstatt hat er ganz gute Erfahrungen mit der Welt des Autos gemacht.

Osteuropäer standen überhaupt auf Autos. Kaum waren die kritischen Geister im Westen, schwärmten sie schon von den tollen Autos, die sie immer nur aus der Ferne begutachten konnten und die jetzt greifbar nahe gerückt waren. Sie glauben es nicht? Achten Sie mal auf die Schlitten, die diese Exil-Autoren fahren, und Sie werden mir recht geben müssen. Die Vernachlässigung der Auto-Industrie bleibt einer der Kapitalfehler des Kommunismus.

Es war nicht leicht mit den Osteuropäern. Christine aber schaffte es, sich in kürzester Zeit auf diese Männer einzustellen. Sie hatte diese Gabe. Sie versetzte sich in ihre Welt des Kampfes für die Menschenrechte und die Freiheit der Poesie und der Gedanken. Aber dann gaben diese Männer auf. Sie gaben viel zu schnell auf. Resignierten in der Warenwelt. Wollten plötzlich nach Neapel reisen und nach Venedig. Sprachen immer weniger vom Osten, und wenn, dann abschätzig. Und alles kulminierte in der Feststellung, beim Frühstück, es habe ja doch keinen Sinn.

Das war das Stichwort für Christine. Mit diesem Stichwort war der Mann hin. Christine ging. Mit einem solchen Schlappschwanz würde sie sich nicht die Tage versäuern. Derlei Typen liefen ihr in Frankfurt im Dutzend über den Weg. Im Dutzend und täglich. Nein, das ließ sie sich nicht bieten.

Manchmal versuchte sie den Männern noch ins Gewissen zu reden, aber sie wußte, an diesem Punkt fruchtete das nicht mehr. Sobald die in ihr Westauto gestiegen waren, wurden sie auf beiden Ohren taub. Das wilde östliche Gefühl war weg. Christine aber brauchte die Leidenschaft. Und die Leidenschaft war politisch. Oder sie war nicht. Also ging Christine. Sie ging stets beizeiten.

Christine war die richtige Frau für den gerade in Frankfurt eingetroffenen Martin. Bis sie Martin kennenlernte, hatte sie nie etwas von den Siebenbürger Sachsen gehört, und auch von den Rumäniendeutschen nicht. Sie hatte ein paar Zeitungsartikel über Rumänien gelesen und die Amnesty-Infos. Deshalb war sie auch zu der Lesung von Martin gekommen. Danach, in der Kneipe, hatte sie ihn angesprochen. Sie wollte ein paar Dinge über Rumänien wissen. Daraus hat sich ein Gespräch entwickelt, das die beiden nach der Frankfurter Sperrstunde in Christines Wohnung fortsetzten.

Auch beim Frühstück redeten sie noch über Rumänien. Über die Repression durch die Securitate, den Größenwahn des Diktators, über den Elitarismus der rumänischen Intellektuellen, die immer nur von der Kultur reden und sich zu schade sind, den politischen Fragen nachzugehen.

Christine gehört zu den Frauen, die Hebels Geschichte vom unverhofften Wiedersehen dreimal hintereinander lesen können und jedes Mal in Tränen ausbrechen. Jene Geschichte, in der der junge Bergmann, vor der geplanten Hochzeit, im Bergwerk verschüttet wird und seine wartende Verlobte nach fünfzig Jahren den Körper, der von Bergleuten zufällig gefunden wurde, tot und unversehrt wiederbekommt.

Der Bergmann mußte Bergmann bleiben, und nur wenn er als Bergmann starb, hatte sein Tod den bleibenden, den tragischen Wert.

Martin hatte es gut. Der behutsame Westen hatte ihm eine Krankenschwester geschickt. Sie tröstete ihn, so gut sie konnte. Aber den Westen verändern konnte auch sie nicht. An der Ignoranz des Westens für seine Gedichte und für die politische Situation in Rumänien konnte sie nichts ändern. Sie tat ihr Bestes. Bald hatte sie ein beachtliches Wissen über Rumänien angesammelt. Sie bezeichnete Martin und mich jedenfalls nie als Rumänen. Sie sprach von den rumäniendeutschen Schriftstellern. In ihrer Gegenwart war das Gesprächsthema immer Rumänien.

Ganz anders Kerstin. Kerstin und Christine mochten sich nicht. Es war Abneigung auf den ersten Blick. »Diese Amnesty-Heulsuse«, sagte Kerstin, obwohl es gar nicht stimmte. Christine war durchaus sachlich. Sachlich und leidenschaftlich.

Christine wiederum bezeichnete Kerstin als »Konsum-Tussi«. Auch das stimmte nicht. Kerstin wußte sehr viel über die westliche Kultur, ihre Weltkenntnis reichte Richtung Osten allerdings nur bis Fulda. Dahinter waren die weißen Flecken. Leones. Sie hatte eine Art römisches Weltbild.

Durch Kerstin habe ich den Westen kennengelernt. Nicht seine Ansichten, sondern sein Weltverständnis. Seine Ästhetik sozusagen. Der Westen ist primär Ästhetik. Er lebt im Zeichen der Vergänglichkeit. Er verbraucht die Zeit in einer melancholischen Weise. Selbst seine Verbrechen haben einen letzten Zug von Design.

Das alles habe ich durch mein Zusammenleben mit Kerstin erfahren. Dadurch, daß ich keinen Schutz hatte wie Martin, habe ich das alles erfahren. So bin ich heute vor den Leidenschaften des Ostens gefeit. Ich bin ein Beobachter geworden. Ein stiller Beobachter der nervösen Menschen. Ich habe meine Essays über Rumänien veröffentlicht, Kerstin hat sie nicht gelesen. Sie dachte, ich müsse das wohl für mich abarbeiten, und sie sah nicht ihre Aufgabe darin, sich in diese meine Abarbeitung zu vertiefen.

Sie ging mit mir statt dessen in die großen Hollywoodfilme der achtziger Jahre, und wir diskutierten den abendländisch-mythischen Hintergrund dieser Filme. Die Geschlechterfrage, die Antike und die Pop-Kultur. Medea, Nirvana und Madonna mischten sich in einer für mich neuen Weise.

Ein Analphabet in Sachen Westen war ich ja nicht. Sonst hätte Kerstin sich kaum mit mir eingelassen. Sonst hätten wir keinerlei Grundlage finden können. Ich war immer bemüht, mich mit der ganzen Welt zu beschäftigen. Eine aussichtslose Angelegenheit in unserer Bukarester Isolation, aber auch ein Versuch, dem System zu widerstehen, indem man sich ihm entzog. Das System lebte von der Isolation.

Ich hatte also ein Ohr für die Westsignale, ein bißchen Latein sozusagen, meine Basiskenntnisse über die Sechziger, einen Fundus, auf den man gut zurückgreifen konnte:

Hendrix, die Doors und die Joplin, nicht zuletzt die Beatniks. Sie waren mein wirklicher Zugang zum Westen gewesen. Ginsberg, Burroughs und Kerouac. Die Propheten der Apokalypse. Der Jazz, diese pulsierende Grundierung der Freiheit. Und schließlich Antonioni. Blow-up. Den mochte Kerstin aber nicht. Warum, ist mir nie ganz klar geworden. Europäische Kulturscheiße, sagte sie. Ich weiß nicht, was sie damit meinte. Vielleicht verwechselte sie ihn mit Wenders. Weiß ich nicht. Sie war eben jünger als ich.

Kerstin hat ein abgeschlossenes BWL-Studium, Theaterwissenschaft hat sie abgebrochen, bißchen in Psychologie reingehört, heute interessiert sie sich für Kulturwissenschaften. Es ist aber nicht so, daß sie nicht wüßte, was sie will. Sie hat vielmehr mit allem, was sie begonnen hat, beizeiten aufgehört. Das erlauben die Freiheiten des Westens. Kerstin verdient ihr Geld in einem Reisebüro. Ihr Kopf aber ist durch dieses Geld frei. Frei für den Reichtum des Lebens, für die spaßvolle Entzifferung der Kultur und ihren gleichzeitigen Genuß. Das Leben mit Kerstin war von Anfang an ohne Anstrengung. Sein Zweck war, schön zu sein, und das machte es zum Gegenteil meines Ostlebens.

Kerstin ist eine der seltenen Frauen, die man durch Jazz nicht in die Flucht schlagen kann. Sie kam mit zu den Konzerten, wir saßen in den Bars. Miles war in unseren Köpfen. Sketches of Spain. Miles, jenseits von Ost und West. Wir lebten jenseits von Ost und West. Ich erklärte ihr nicht den Osten, und sie mir nicht den Westen.

Kerstin nahm mich ernst. Und zwar ohne dieses Rumänien. Ohne meine schrecklichen Erfahrungen. Ohne meine Vergangenheit. Ohne die Securitate. Ohne all das. Ich konnte in Ruhe meine Einschätzung der Lage schriftlich formulieren. Sie hatte keinerlei Fragen. Das verhalf mir zu einer guten Distanz zu den rumänischen Problemen. Aus dieser Distanz kam die Nüchternheit meiner Einschätzung.

Das habe ich nicht immer so gesehen. Besonders in den ersten Jahren vermißte ich bei ihr dieses Interesse für meine Herkunft. Zumal ich bei allen Lesungen darauf angesprochen wurde. Von heute aus betrachtet, war es besser so, wie es gewesen ist. Aber, als Nebeneffekt sozusagen, hat es auch dazu geführt, daß ich Martin seltener sah, er war ja immer mit Christine zusammen, und ich fehlte ihm auch nicht, weil Christine ihm als Gesprächspartnerin durch ihre Lernfähigkeit wohl bald genügte.

Kerstin war auch der Grund dafür, daß ich nicht nach Erika suchte. Durch Kerstins Anwesenheit war Erika bedeutungslos geworden. Ich konnte sie vergessen. Jetzt ist sie tot. Erika ist tot. Und die Vergangenheit ist wieder da. Und macht mich unsicher. Nein, Erika ist nicht tot. Plötzlich ist die Geschichte nicht zu Ende. Alles nur abgebrochen und nicht weitergeführt. Und am Ende von jedem Gedanken steht ein großes Warum.

Erika. Es ist die einzige Frage, bei der ich unsicher bin. Bei der ich nicht weiß, ob ich richtig gehandelt habe. Vielleicht wäre sie noch am Leben, hätte ich sie damals gesucht und sie dem Geschäftsmann entrissen, diesem dämlichen Osthoff. Vielleicht würde sie noch leben, denke ich mir. Und sehe Erika vor mir, und weit in der Ferne Kerstin. Ich schrecke auf, und sage mir, das kann nicht sein.

6

Kerstin ruft aus dem Reisebüro an.

»Ich bleibe länger«, sagt sie. »Wir können uns gleich beim Thai treffen.«

»Hallo«, sagt sie. »Wach auf.«

»Jaja«, murmele ich. »Ich war nur in Gedanken woanders. Ich freue mich auf heute abend.«

»Verfehl nicht den Treffpunkt, Süßer«, sagt sie, legt auf.

In meinem Kopf ist Erika. Ich sehe uns in meinem Bukarester Bett liegen. Wir trinken schlechten Rotwein, ein Nebenprodukt der Chemieindustrie. Ich lese ihr meine neuesten Gedichte vor. Wir sind nackt, unsere Körper treiben es miteinander, wir schlafen ein.

Gedichte, Wein, Sex. Die tiefen blauen Augen. Jugendkitsch in einer kommunistischen Diktatur. Um uns das Schweigen und die Verzweiflung, und wir, zwei junge Menschen, die sich ratlos anfassen, mit Worten und Blicken. Die sich plötzlich bei der Hand nehmen, um nicht alleine abzustürzen.

Wir saßen in meinem Zimmer, zwischen meinen Büchern, in einem großen Einverständnis, und waren doch nicht in der Lage, einander zu retten.

In der Diktatur ist eines der großen Themen die Rettung, die Rettung des Einzelnen vor dem Untergang.

Wir waren beide Gefährdete. So kamen wir nicht auf die Idee, daß wir einander retten könnten. Erika hielt sich statt dessen an ihren Geschäftsmann, und ich versuchte als Schriftsteller davonzukommen.

Wir hatten kein Vertrauen in unsere Gemeinsamkeit. Unsere Gefühle erhielten von uns keinen Auftrag. Wir haben uns verraten, Erika und ich. So konnten wir im Westen nicht mehr zusammenkommen. Wir hätten uns nur noch unsere Niederlage eingestehen können.

Die Verlorenheit ist zu ertragen, schlimmer ist es mit dem Verlieren, mit dem Verlust.

Erika und ich hätten zusammenbleiben sollen, zusammen in den Westen gehen. Wir waren zu jung dazu. Wir verhedderten uns in den Netzen, die die Welt auswarf. Wir sind Objekte des Ostwestkonflikts gewesen. Objekte, die das Jahrhundert nicht kennen will. Obwohl Menschen wie wir die Wahrheit dieses Jahrhunderts sind. Seine unbeachtete menschliche Wahrheit. Schlechter Text und gute Ausrede.

Erika. Ich bin verzweifelt. Ich weiß es. So lange Erika am Leben war, konnte ich das alles ignorieren. Sie, Erika, war irgendwo in einem anderen Lebenslauf, eingesponnen wie ich in diesen. Ich konnte sie vergessen und mich abnabeln und hinüberschwimmen, zu Kerstin schwimmen, ich konnte denken, daß ich mich freischwimme.

Jetzt aber war sie tot, und alles war endgültig und geschehen und lag in meiner Verantwortung. Die Lebensentscheidung war nicht mehr eine Option, sie hatte ein Leben gekostet. Ich hatte das westliche Ufer nicht nur ohne sie, sondern auf ihre Kosten erreicht. Erika war ein Opfer. So mußte ich es jetzt sehen. Wenn ich mich damals für sie entschieden hätte, wäre sie noch am Leben. Für einen Augenblick ist es mir, als spüre ich ihren Körper, und ich breche meinen Gedankengang ab.

7

»Schreibst du an etwas Neuem«, fragt Kerstin.

»Warum fragst du?«

»Du bist so schweigsam.«

»Ach so«, sage ich, »ja.« Ich lese was, müßte ich sagen.

»Verzeih«, sage ich.

»Gehen wir in die Spätvorstellung«, fragt sie.

»Klar«, sage ich.

Ich müßte mit Kerstin reden. Ihr die Geschichte erzählen. Die Erika-Geschichte. Statt dessen gehen wir ins Kino und nach dem Kino nach Hause.

Erika und Kerstin schließen einander aus. Obwohl sie nichts miteinander zu tun hatten, schließen sie einander aus. Als wäre ich zweimal, und als wäre mein zweites Leben gegen mein erstes errichtet.

In mir ist eine Wand. Wenn ich Erika sage, geht sie auf, und dahinter erscheint jenes mögliche Leben, dem ich nicht gewachsen war.

Wie soll ich das Kerstin erklären? Wie soll ich es ihr erklären, ohne unser eigenes Leben zu entwerten, ohne meine Gefühle für sie klein zu reden?

Ich sage nichts. Ich kann nichts sagen. Ich muß schweigen. So rette ich mich ins Pathos, aber das Problem bleibt. Wenn man mit jemandem zusammenlebt, sind entweder die Geheimnisse fragwürdig oder das Zusammenleben.

Wir liegen im Bett und reden noch über den Film. Je länger wir darüber reden, desto weniger bleibt von dem Film übrig. Wir sind gnadenlos. Drehbuch schlecht, Dialoge entsetzlich, die Schauspieler spielen sich selbst. In dieser

Gnadenlosigkeit sind wir uns einig. Den Anstoß dazu gibt jedesmal Kerstin. Sie fängt an, und ich falle ein. Es ist unser Vernichtungskanon, den wir jedesmal als Gutenachtgeschichte vorsingen. Gnadenlos bis zum Einschlafen.

Das ist der Westen. Wer sich auf seine Bühne traut, ist dieser Gnadenlosigkeit ausgeliefert. Das ist sein Risiko. Er muß sich ja nicht auf die Bühne stellen. Wer den Schritt in die Öffentlichkeit macht, tut es freiwillig. Nimmt das Risiko in Kauf. Das sind die Gefahren der Freiheit. Niemand muß Rücksicht nehmen, weil keiner zu etwas gezwungen wurde. Und so stehen alle allein da und kämpfen vor sich hin, geblendet von dem großen Licht, in dem sie sich drehen. Alle sagen was, aber zu wem?

Kerstin ist neben mir eingeschlafen. Ich spüre ihren warmen Körper, höre ihren regelmäßigen Atem.

Aber in meinem Kopf ist das Manuskript. In meinem Kopf ist Erika.

Es ist nicht wahr. Es ist nicht so gewesen. Das Wissen um ihren Tod verändert die Vergangenheit. Füllt mit Sinn, was ohne Sinn war. Zwischen uns war nicht die volle Wahrheit. Wir teilten sie nicht.

Erika gehörte keinem. Sie schlüpfte aber zu vielen ins Bett. Dinu sagt es ja auch. Verdammt. Jetzt ist der Securist mein Kronzeuge. Der Schnüffler, Zeuge des Geschehens. Tatzeuge.

Ich heirate Dieter, hatte sie gesagt und mich dabei angesehen. Vielleicht hat sie erwartet, daß ich mich dagegen ausspreche.

Ich habe nichts gesagt.

Was hätte ich auch sagen können? Wenn ich etwas gesagt hätte, hätte ich ihr auch eine Alternative anbieten müssen. Die hatte ich aber nicht. Nein, die hatte ich nicht.

Und dann war ich doch vor ihr im Westen.

Ich hatte eine Einladung zu einem Lyrikertreffen, rechnete aber nicht im geringsten damit, fahren zu dürfen. Ich stellte also gar nicht erst den Antrag beim Schriftstellerverband. Martin war seit anderthalb Jahren in Frankfurt. Ihm hatte ich die Einladung zu verdanken. Er hatte reisen dürfen und war nicht zurückgekehrt. Weshalb sollten sie mich fahren lassen?

Meine Nervosität war in jenen Monaten ins maßlose gestiegen. Ich betrank mich im Bukarester Schriftsteller-Restaurant und hielt regimekritische Reden unter den amüsierten Blicken der rumänischen Kollegen. Wahrscheinlich fanden sie meinen deutschen Akzent lustig.

Das Schriftsteller-Restaurant war stets überfüllt. Es war eines der wenigen Lokale, in denen es in jener Zeit regelmäßig zu essen und zu trinken gab. Ich eroberte mir lautstark einen Platz. Manche gingen, sobald ich mich gesetzt hatte. Wahrscheinlich befürchteten sie, berichten zu müssen, andere spendierten mir einen Wodka, weil ich so guten Stoff für ihre Mitarbeit bot.

Ich sprach von Habsburg, berief mich auf Habsburg, dieses rote Tuch für die Nationalisten jeder Couleur. Ich sprach von meinen habsburgischen Wurzeln, von der habsburgischen Identität Siebenbürgens und des Banats. Ich sprach davon, als wäre dieses Habsburg mein letzter Halt angesichts der Bukarester Verkommenheit, der Clan-Diktatur und des Personenkults. Ich war ein Joseph-Roth-Witz.

Ich erwähnte mehrmals meine West-Einladung. Und so erhielt ich eines Tages einen Anruf im Verlag. Ich hatte eine Art Halbtagsjob im staatlichen Kunstverlag. Man brachte dort diverse Kunstalben auch mit deutschem Text heraus, die man an Touristen verkaufte. Rumänische Kunst, in schlechten Reproduktionen, von rumänischen Kritikern mit schwärmerischen Texten begleitet, von mir redigiert. Damit verdiente ich einen Teil meines Geldes.

Ich erhielt also diesen Anruf. Eine sachliche Männerstimme gab sich als Vertreter irgendeines Institutes für soziale Fragen aus und bekundete Interesse an meiner Lyrik und so weiter. Ob wir uns nicht mal treffen könnten. Da er sogar etwas aus einem Gedicht von mir zitierte, eine subversive Stelle, wurde ich neugierig. Falle oder nicht Falle, ich verabredete mich mit ihm.

In jener Zeit war mir alles egal. Von mir aus konnte er auch von der Securitate sein. Ich hoffte geradezu, daß er von der Securitate wäre. Denen wollte ich mal persönlich meine Meinung vorgeigen. Sollten die mich doch verhaften, in den See schmeißen oder in den Westen jagen.

Ich hatte dieses Leben satt. Ich sah keine Möglichkeit mehr, in diesem Land etwas zu verändern. Mehr noch, ich mußte hilflos zusehen, wie die Balkan-Diktatur immer groteskere Züge annahm, wie das Verbrechen sich unentwegt selber feierte. Ich stand mitten unter den Beifall Klatschenden, allein, die Hände in den Hosentaschen.

Ich bin ein Kind der sechziger Jahre. Der Prager Frühling begeisterte mich, ich erlebte den Niedergang des Experiments. Der Kommunismus ist nicht reformierbar. Dieser Satz beendete meine Jugend. Mit ihm war die Geborgenheit im Kreis der Gleichgesinnten zu Ende. Seither kämpfte ich für nichts mehr, ich kämpfte nur noch gegen etwas.

Also traf ich mich mit dem Instituts-Mann. Ich traf mich mehrmals mit ihm. Zuerst in einem Café am Boulevard, dann im Hinterzimmer einer Militaria-Buchhandlung. Am Ende dieser meiner Gespräche hatte ich die Reisegenehmigung, den Paß.

Bedingungen gab es keine. Wahrscheinlich wollten sie mich loswerden. Meine Auftritte störten sie. Früher oder später hätten sie gegen mich vorgehen müssen. Gegen einen Dichter aus der deutschen Minderheit. Dabei brauchten sie dringend die Devisen aus der Bundesrepublik. Verkauften fleißig ihre Sachsen und Schwaben. Jahr für Jahr ein paar Tausend. So kam der Diktator zu seinem Taschengeld und meine Landsleute zur ersehnten Freiheit. Was sollten sie da mit mir machen? Mich verhaften? Ihre Geldquelle gefährden?

Ich bekam meinen Paß.

Die einzige Bemerkung, die der Institutsmensch dazu machte, war: »Wir hoffen, daß Sie sich unserem Land gegenüber korrekt verhalten. Gute Reise! Vergessen Sie nicht, wir haben einen langen Arm!«

Das war zwar eine Drohung, aber ich hatte den Paß, und der allein zählte.

Ich fuhr nach Frankfurt und blieb. Und ich ließ Erika in Bukarest zurück, ich überließ sie ihrem Dieter-Projekt.

8

Und nun wieder das Manuskript, von dessen Lektüre ich nicht lassen kann.

Dinu trifft Schelski im Schachcafé. Als Dinu kommt, ist Schelski bereits da. Das Schachbrett vor sich. Schelski verlangt nach einem neuen Bier. Flensburger. Es ist Schelskis Erinnerung ans erste Bier, als Halbwüchsiger. An die Ferien bei der Verwandtschaft in Glücksburg. Anfang der sechziger Jahre. Twist und Flens.

Sie spielen Karpow–Hübner, Bad Kissingen 1980. Die Wahl zwischen ungefähr gleich großen Übeln.

»Weißt du, was dein Geschäftsmann in Rumänien getrieben hat«, fragt Schelski plötzlich.

»Nein.«

»Er hat mit den Rumänen Embargo-Geschäfte gemacht. Er hat denen sensible Ware verkauft. Teilchen von der Liste. Software.«

Dinu sieht Schelski fragend an.

»Da staunst du, was? Gilt auch heute als Straftat.«

»Und woher willst du das wissen, ich meine das mit dem Embargo-Handel?«

»Vom BKA. Die haben sich schwer geziert. Aber ich hatte auch etwas für sie, und so konnte es zum guten alten Tauschhandel kommen. Sie haben es mir erzählt.«

»Gut, sie haben es dir erzählt. Klingt es aber nicht ziemlich abenteuerlich, mehr so nach BKA-Gerücht?«

»Dino, sei nicht überheblich, vor dir sitzt die deutsche Polizei, und die ist nicht immer so naiv, wie ihr im Osten das euch vielleicht gedacht habt. Genosse Karpow, der nächste Zug ist fällig.«

»Ich habe die Unterlagen gesehen«, sagt Schelski. »Die von der Stasi. Waren bereits zerrissen, aber die sitzen doch da unten in Bayern und kleben seit der Wende fleißig Blatt für Blatt zusammen. Manches gelingt, manches nicht. Den Osthoff haben sie offensichtlich wieder zusammenkleben können.«

»Der hat sich nämlich mit den Rumänen in Ostberlin getroffen«, erklärt Schelski. »Die Mielke-Männer wiederum haben die Rumänen observiert. Die waren sich, wie du weißt, seit den Siebzigern nicht mehr grün. Wieso eigentlich?«

»Das hatte mit Ceauşescus Unabhängigkeitskurs zu tun«, sagt Dinu.

»Unabhängigkeitskurs?« Schelski lacht dröhnend. »Weißt du, was aus den Stasi-Akten hervorgeht?«

Schelski macht eine bedeutungsvolle Kunstpause. »Aus den Akten geht hervor, daß die Stasi die rumänischen Kontakte den Sowjets gemeldet hat, und weißt du, was die Antwort der Kreml-Bosse war?«

Schelski schwingt sich regelrecht zum Rhetoriker auf. »Die Antwort war, sie sollten die Rumänen gewähren lassen. Sie sollten sie nicht weiter behindern. Und weißt du, warum? Dreimal darfst du raten!«

»Weil die Securitate die Embargoware an die Russen weiterverkauft hat«, sagt Dinu.

»Richtig«, ruft Schelski aus. Schweigt. Wendet sich dem Schachbrett zu.

»Wie ist es nun mit dem Unabhängigkeitskurs«, fragt er.

Dinu sagt nichts. Er denkt: Warum erzählt Schelski mir diese Geschichte. Und er denkt: Es muß einen Grund dafür geben.

»Warum verhaftet das BKA Osthoff nicht«, fragt Dinu.

»Alles haben die mir auch nicht erzählt«, sagt Schelski. »Aber ich vermute, denen reicht das Beweismaterial noch nicht. Außerdem meinten sie, Osthoff würde sich immer noch mit den Rumänen treffen, und zwar in Berlin.«

»Ja«, sagt Dinu. »Und warum?«

»Ich vermute, es geht um Geld. Der Handel an sich scheint nicht die komplette Geschichte zu sein. Da ist noch was.«

»Und was denkst du, was könnte da noch sein?«

»Erika«, sagt Schelski. »Welche Rolle hat Erika wirklich gespielt? Halten wir uns an Erika. Vielleicht ist sie der Schlüssel dazu. Schließlich ist Erika unser Fall. Meiner und auch deiner.«

»Aber Erika ist tot«, sagt Dinu.

»Eben. Und warum ist sie tot? Laß uns das endlich herausfinden«, sagt Schelski.

9

Eine regelrechte Gangstergeschichte. Wer hätte das gedacht? Nun sitze ich hier in Frankfurt an meinem Schreibtisch und lese. Es ist das Jahr 1996, der Kommunismus ist zwar tot, aber sein Leichnam geht um. Es ist nicht ein Gespenst, mit dem wir uns beschäftigen, es ist ein Leichnam.

Zum erstenmal beginne ich zu ahnen, warum so viele den Leichnam begraben wollen. So tief wie möglich, tiefer als den Atommüll, wenn's nur ginge.

Ich lese diese Gangstergeschichte, und sie hat mit meinem eigenen Leben zu tun.

Dazu hat man Essays geschrieben. Analysen des Zustands. Damit sie ein Securist liest. Mein aufmerksamster Leser, ein abgesprungener Securist. Ein Davongekommener und Verlierer zugleich. Das nackte Leben gerettet. Er Detektiv, ich Schriftsteller. Zwei Überlebende.

Als wäre es nicht immer so gewesen. Auch seinerzeit, in Bukarest, waren die Securisten meine aufmerksamsten Leser. Meine Landsleute drehten sich doch lieber im Takt der Polka, die ihnen von der Partei großzügig wieder erlaubt worden war. Die Nationalkommunisten wußten schließlich, was sie ihren ethnischen Minderheiten schuldig waren. Die Landsleute aber lasen die Heftromane und Illustrierten, die die Westverwandtschaft mitbrachte. Sie lasen das Zeug, um sich auf das zukünftige Leben im Reich vorzubereiten.

Dinu hat mich damals gelesen, Dinu liest mich heute. Als hätten wir bloß den Raum der Macht verlassen, als wäre die Macht verschwunden und die Rollenverteilung geblieben. Als wären wir in einem Möbiusband gefangen.

Und jetzt schreibt er. Was ich nicht geschrieben habe, schreibt der Securist. Und ich bin der Leser.

Wir haben all diese Essays geschrieben, Martin und ich, aber nichts über uns. Alles, was wir geschrieben haben, ist wahr, nur, es ist nicht unsere persönliche Wahrheit, und so ist es auch nicht die ganze Wahrheit. Nun schreibt Dinu. Und seine Geschichte ist die Geschichte zu unseren Essays. Der Securist schreibt über unser Leben. Das er als Securist mitbestimmt hat. So bestimmt er auch noch die Geschichte unseres Lebens mit.

Kerstin ruft wie immer aus dem Reisebüro an, und ich weiß gar nicht, was sie sagt.

»Hallo«, sagt sie, »du großer Abwesender, wie wäre es, wenn du zuhören würdest. Heute ist der 19. Juni 1996. Dein Name ist Klaus Richartz. Du bist Schriftsteller und deutscher Staatsbürger.«

»Ist mir bekannt«, sage ich.

»Und doch bist du wieder bei den alten Geschichten.«

Ich hatte Kerstin schließlich von dem Manuskript erzählt.

»Das ist ja ein Trash«, hatte sie gesagt. »Sei froh, daß das alles vorbei ist.«

Darin gab ich ihr sofort recht. Aber das Manuskript ließ mich nicht los.

Ich weiß nicht, was Erika wirklich gedacht haben mag. Ob sie wirklich auf ein Wort von mir, auf einen Liebesbeweis wartete. Ich weiß es nicht.

»Hast du sie geliebt«, fragte Kerstin.

»Ich glaube, ja.«

»Du kannst es ruhig sagen.«

Es war aber jetzt nicht wegen Kerstin, daß ich nicht gerne zugab, Erika geliebt zu haben. Es war wegen mir selber. Gab ich es zu, war es ein Schuldeingeständnis. Ich hätte was tun müssen für diese Liebe. Ich hätte um sie kämpfen müssen. Das hätte meinen Weg in den Westen komplizierter gemacht. Die Securitate hätte ein Druckmittel gegen mich gehabt. Erika. Sie hätten versuchen können, mich zur Mitarbeit zu erpressen.

Alles Ausreden, denke ich mir. Aber vielleicht ist es auch nur der Katholizismus meiner Kindheit, der aus mir spricht, der mir die Schuldgedanken eingibt. Dieser simple Banater Dorfkatholizismus. Grundlage des Kleine-Leute-Anstands.

Was soll der Sophismus? Ich bin den einfacheren, den bequemeren Weg gegangen. Ich habe meine Gefühle ignoriert.

So könnte man es auch sehen.

Aber war es wirklich so? Hatte ich tatsächlich volles Vertrauen in Erika? Oder mißtraute ich nicht auch ihr? Dachte ich nicht doch manchmal, sie könnte vielleicht eine Informantin sein? So kurz war unsere Liebe.

Die Liebe kann immer und überall nur auf Vertrauen gegründet sein. In einer Diktatur ist dieses Vertrauen, weil es durch die Umstände so gefährdet ist, letzten Endes das einzige gültige Kriterium für die Gefühle. Dadurch wird die Liebe klein, weil sie nicht mehr blind sein kann.

Die Diktatur nimmt den Gefühlen die Unbeschwertheit, sie stattet sie mit einem Bedeutungsgewicht aus, das die Menschen nur selten aushalten, ohne hysterisch zu werden.

10

Dinu überlegt, nach Hamburg zu fahren. Ein paar Tage Urlaub zu nehmen und nach Hamburg zu fahren. Wegen Dieter. Urlaub. Hamburg. Aber das BKA. Die observieren doch Osthoff. Wenn das, was Schelski erzählt, stimmen sollte. Warum sollte es nicht stimmen? Urlaub. Urlaub heißt auffallen. Nicht, daß er keinen Vorwand dafür gefunden hätte. Besser, man fällt nicht mit Urlaubswünschen auf. Auch in der Detektei nicht. Auch wegen dem BKA nicht. Und wegen Schelski nicht. Wer weiß, was die sich für Gedanken über ihn, Dino Schullerus, mittlerweile machen.

Er ruft Dieters Sekretärin an, und es gelingt ihm, durch geschicktes Fragen herauszubekommen, wann der Geschäftsmann wieder in Berlin ist. Er habe mit ihm eine Verabredung, sie erinnere sich ja noch an die vom letzten Mal blabla, und er hätte eine Überraschung am Bahnhof Zoo vor, für den Geschäftspartner, wovon der natürlich nichts erfahren dürfe, er, Dino, rechne mit ihrer Diskretion, es würde ihn sehr freuen. So.

Dinu steht rechtzeitig am Bahnhof, hält sich im Hintergrund. Sieht Dieter den Bahnsteig verlassen. Folgt ihm.

Dieter scheint kein Ziel zu haben. Er zieht gemächlich durch die Läden am Kurfürstendamm. Als wäre er ein Flaneur. Es ist nicht leicht, ihn in der Menschenmasse im Auge zu behalten. Spätestens als Dieter in einem Kaufhaus den Trick mit dem Hinterausgang einsetzt, um danach im Laufschritt in die U-Bahn zu verschwinden, weiß Dinu, daß er es nicht mit einem flanierenden Geschäftsmann zu tun hat, sondern mit der präzisen Vorbereitung eines geheimen Treffs.

Er folgt Dieter auch in die U-Bahn. Die Reise geht nach Mitte. Am Alex nimmt der Geschäftsmann ein Taxi und fährt die geradezu lächerliche Strecke zu den Hackeschen Höfen. Er durchquert die Hackeschen Höfe, biegt in die Sophienstraße ein, läuft Richtung Oranienburger. In der Krausnickstraße betritt er eine Kellerkneipe. Es ist das unauffälligste Lokal der Gegend. Drumherum ein Baugerüst. Der Schmuck des neuen Berlin.

Dinu postiert sich in Sichtweite. Es vergeht eine halbe Stunde. Dann verläßt ein Mann das Café. Es ist Onescu. Dinu folgt ihm. Dieter interessiert ihn jetzt nicht mehr. Dinu will herausbekommen, wo Onescu logiert. Wo er sich versteckt.

Warum hielt der sich immer noch in der Stadt auf? Das war im Augenblick die wichtigste Frage.

Warum war er nach dem Tod von Erika immer noch in Berlin? Es war doch gefährlich für ihn!

Er mußte einen gewichtigen Grund haben. Geld, hatte Schelski gemeint. Aber was für Geld?

11

Jetzt kommt das alles wieder. Der komplette Wahnsinn meiner Jugend nimmt Platz auf dem Sofa meines Hirns. Wir haben versucht, unsere Jugend zu leben, und wir sind abgestürzt in Mißtrauen und Verzweiflung, weil das System die Beziehungen zwischen den Menschen vergiftet hat. Dieses Gift, das große Mißtrauen, war das schlimmste. Unser Innerstes ist davon bis heute gezeichnet.

Wenn ich die Ostalgie-Sprüche von heute bloß höre, wird mir schon schlecht. Diesen Ostintellektuellen-Schwachsinn. Die Menschen im Sozialismus seien einander näher gewesen. Die widrigen Umstände hätten sie zusammenrücken lassen. Die Nischen, in denen sie sich eingerichtet hätten. Die Nischengesellschaft. Das ganze rührende Zeug. Als sei der Kommunismus eine Art Kaffeekränzchen gewesen. Mit Ersatzkaffee und Kubazucker. Wie ist es aber mit dem Kollegen Dichter, der, als Lektor im Staatsverlag, aus Neid eine gute Geschichte des Konkurrenten aus dem Typoskript entfernte und anschließend behauptete, die Zensur sei es gewesen?

Alle haben allen mißtraut. Es war ein schleichendes Gift. Diese ewige Angst vor der Denunziation, das ständige Überlegen, was sage ich in Anwesenheit von X und was sage ich in Anwesenheit von X nicht. Um des Überlebens willen, verdammt!

Wir sind Gescheiterte. Als wir unser Elend erkannt haben, sind wir geflohen. Auf und davon. In den Westen. Ins wirkliche Leben. In die wahre Welt, wie wir dachten. Jetzt sind wir Emigranten, Menschen ohne Territorium.

Wir haben aufgegeben. Sind auseinandergestoben. Wie

ein Vogelschwarm. Auf Nimmerwiedersehen sind wir auseinandergestoben. Und nichts mehr kann uns wieder zusammenbringen. Keine Aufarbeitung der Vergangenheit. Nichts.

Die Aufarbeitung der Vergangenheit macht das Mißtrauen nur noch größer. Sie zerstört unser Leben rückwirkend. Sie nimmt ihm jeden Rest von Sinn.

So denke ich manchmal. Und ich bin nicht froh darüber. Und ich weiß auch: Es ist keine Lösung. Man muß sich der Vergangenheit stellen. Daran führt kein Weg vorbei. Aber man muß es auch können. Man muß stark sein, um die Vergangenheit auszuhalten. Die wahre, die häßliche, die ganze zusammengeklebte Vergangenheit. Das sage ich mir, während ich in meinem Frankfurter Zimmer sitze und Miles Davis höre: Don't Loose Your Mind.

Die Praxis des Kommunismus verfolgte die restlose Zerstörung des wirklichen Lebens. Wir haben in einer grandiosen Unwirklichkeit gelebt, in der Unwirklichkeit der Angst.

Nein, ich will das jetzt nicht rekapitulieren. Ich bin im Westen und basta. Ich will mit Kerstin unbelastet von diesen Erfahrungen leben. Sie hat ein Recht darauf. Und ich will nicht wissen, welches die wahre Rolle von Erika gewesen ist. Ich will mir meine Gefühle für Erika erhalten.

Ich lese nicht mehr weiter. Nein, ich lese nicht weiter. Und doch. Ich lese doch. Ich lese alles. Und in jenen Tagen lerne ich den jungen Mann kennen, Christian. Er kommt in meinen Workshop über Prosa. Will schreiben lernen. Er sagt, er stamme aus Bukarest, es sei aber lange her, und er war zehn, als er nach Deutschland kam, und jetzt ist er zwanzig, und es ist also sein halbes Leben, denke ich mir. Er kennt mein Buch über Rumänien, sagt er, und seine Eltern hätten immer von mir geredet. Und seine Eltern sind Lotte und Dinu, stellt sich bald heraus. Ich sage nichts, denn ich denke mir, was kann der Junge dafür. Er ist im Workshop ganz gut, sein Kopf ist voller Amerikaner, aber das wird sich noch geben.

Der Workshop ist zu Ende, und wir begegnen uns beim Jazz, denn Frankfurt ist klein, und seine Jazzwelt ist winzig, und Christian kommt auf uns zu, seine Freundin ist dabei, sie geht mit Kerstin an die Bar, und Christian und ich reden über das Schreiben und über Rumänien und über das Schreiben. Und ich denke an Dinus Manuskript, sage aber nichts. Ich sage nichts über Dinus Manuskript, und unser Gespräch erscheint mir wie eine Fälschung.

Und dann sind es noch fünf Tage bis zum Sonntag, an dem wir nach Südfrankreich fahren. Kerstin und ich fahren für drei Wochen nach Südfrankreich. Ins Paradies. Kerstin hat was Günstiges gefunden. In Sète. Vorteil des Reisebüros. Wir werden um die Austernbucht herum laufen. Vom Friedhof übers Meer blicken. Wie die Korsaren. Austern gegen die Securitate. Es ist Kerstins Urlaub.

Ich muß das Manuskript loswerden. Was hat Dinu sich dabei gedacht, als er es mir schickte? Ich denke, er war's. Und wie kommt er überhaupt an meine Adresse? Na ja, ist wohl eine Kleinigkeit für einen Privatdetektiv, der sich gerade entlasten möchte. Der vielleicht auch nur ratlos ist. Aber warum will er seine Ratlosigkeit unbedingt mit mir teilen?

Ich habe ein Recht auf mein Glück mit Kerstin, sage ich mir. Nach allem, was gewesen ist, und gerade wegen meiner Beschädigungen aus dieser schrecklichen Vergangenheit habe ich ein Recht darauf. Ich Arschloch. Und dieses Recht lasse ich mir nicht nehmen. Auch von einem Securisten nicht.

Ich lasse mich nicht weiter verfolgen. Das Manuskript muß weg! Da ist aber noch Erika. Wird sie auch weg sein, wenn das Manuskript weg ist? Und mache ich es mir nicht zu leicht? Ich kann aber nichts mehr ändern. Erika ist tot. Ich kann nur meine Gefühle für Kerstin zerstören. Und das darf nicht sein. Das verpaßte Leben soll das wirkliche Leben nicht verhindern. Nein.

III

Wer wird das Universum übernehmen?

Allen Ginsberg

I

Ich heiße Christian Schullerus. Seit einem Jahr bin ich in Frankfurt. Den Zivildienst habe ich nochmals aufschieben können. Hat Lotte hingekriegt, meine Mutter. Auf sie ist Verlaß.

Ich bin wegen Julia hier. Julia ist an die Uni Frankfurt gegangen. Ich liebe Julia. Seit zwei Jahren geht das schon, eine Ewigkeit, sag ich dir. Und alles ist wie am ersten Tag. Am ersten Tag hatten wir uns schon in den Haaren. Da weiß man gleich, woran man ist, und dann hält das.

Julia ist der Grund, warum ich daheim freiwillig ausgerückt bin. Die Bude hätte ich sonst kaum geräumt. Kein Bock auf Unabhängigkeit in diesen Zeiten.

Ich bin Julia nachgetrottet, nach Frankfurt. Hänge jetzt hier rum, statt daß ich in Berlin rumhänge. Irgendwo muß man ja rumhängen. Schon wegen der berüchtigten Identität, ohne die man angeblich nichts ist, gar nichts.

Außerdem mach ich sogar was. Ich habe nämlich mit dem Schreiben begonnen. Kurzgeschichten schreibe ich. Träume schreibe ich auf. Bearbeite sie. Traumstorys. Habe sogar schon einen Wettbewerb gewonnen, und vor ein paar Wochen konnte ich an einem Workshop teilnehmen. Mit Richartz. Dem Dissidenten, von dem meine Eltern immer reden. Da hätten sie gestaunt. Wo sie doch immer sagen, ich interessiere mich nicht für damals. Vor allem mein Alter sagt das. Der lebt halt im Damals, als wär's ein Staat, sein Damals-Staat, was bleibt ihm anderes übrig … Richartz also, hab ich denen aber nichts von erzählt, keinen Ton, wollte ihnen nicht die Freude machen. Wär doch nur wieder ein Mißverständnis geworden. Mit Eltern ist es immer ein Mißverständnis. Sie glauben an Götter aus anderen Zeiten.

Ich habe Richartz angequatscht. Hab ihm gesagt, daß ich seine Essays kenne, daß ich sein Buch über Rumänien gelesen habe, weil ich ja auch daher komme und meine Eltern das Ding im Regal stehen haben. Ich glaube, der freute sich, obwohl er sich nichts anmerken ließ. Ich habe es ihm jedenfalls gesagt, und er hat mir seine Telefonnummer gegeben. Wir könnten uns ja mal treffen.

Und wir haben uns auch getroffen, aber das war dann doch mehr zufällig, beim Jazz: Wynton Marsalis. Wheel Within a Wheel. War ein cooler Abend. Wenn man in Frankfurt was mit Jazz am Hut hat, kommt man gar nicht aneinander vorbei. Und nicht nur mit dem Jazz ist das so. In Frankfurt gibt es zwar alles, aber auf engstem Raum. Alles, was du machen möchtest, kannst du machen, aber auf kleinstem Territorium. Frankfurt ist ein Dorf für Gleichgesinnte. Alle Gleichgesinnten haben ihr Dorf in Frankfurt. So besteht Frankfurt aus einer Menge Dörfern, Hirndörfern, und du denkst plötzlich, es ist eine Stadt. Ist es aber nicht. Es ist nur eine Bank, eine Bank mit vielen Dörfern drin. Du siehst überall das Geld, aber du hast keins.

Wenn bloß das Geldproblem nicht wäre. Lotte schiebt was rüber, aber endlos wird das nicht gehen, und mein Sparschwein bringt es auch nicht. Ich brauche einen Job oder ein Stipendium oder sonst was, um mich dran aufzuhängen.

Vor einer Woche lag in meinem Postfach ein großformatiger dicker Umschlag. Dabei erwarte ich höchstens Schecks und die Briefe von Lotte, die zu den Schecks gehören.

Aber nun ist es eine Art Manuskript, ohne Absender. Bin ich vielleicht Verleger? Mann. Julia lacht sich kaputt: »Da hast du selber noch keinen Verlag für dein Zeug, und schon bekommst du Kollegenpost.«

»Das ist mir ein Gewerbe«, sagt sie.

Ich schmeiße das Ding in eine Zimmerecke, fange aber doch an zu lesen. Ich habe einen Blick darauf geworfen und lauter mir bekannte Namen vorgefunden. Sogar mein eigener kam vor. Du wirst es nicht glauben, aber die Wette verlierst du tatsächlich.

Das kann doch nicht sein, sagte ich mir.

Ich drehe mir eine mit ganz viel drin, und schon geht es los. Ich fange mit dem Lesen an. Es geht tatsächlich um meinen Vater, um den Rumänen. Mehr noch, er erzählt sogar selber, der Meister.

Schreib nie in der ersten Person, fällt mir der Ratschlag eines Bestseller-Autors ein. Das Interview hatten wir im Schreibkurs. Vergiß es. Die Amerikaner schreiben alle in der ersten Person. Jedenfalls die, die mir gefallen.

Bukowski und Brautigan. Ich blättere. Ich will jetzt nicht Julia mit dem Rumänen kommen.

»Julia«, sage ich dann doch, »stell dir vor, ich komme da drin vor.«

»Wo?« sagt sie und gähnt theatralisch.

»In dem Manuskript, das man mir zugeschickt hat.«

Sie blickt mich stumm an, dann schüttet sie sich aus vor Lachen.

»Du bist wohl völlig übergeschnappt«, ruft sie aus. Sie schlägt sich mit der flachen Hand an die Stirn.

»Warum liebe ich dich«, stöhnt sie. »Warum liebe ich einen Narren wie dich. Kann ich nicht endlich mal auf einen ganz normalen Kerl stoßen, der mich einfach nur flachlegt, statt mit Manuskripten anderer Leute herumzufuchteln? Chris, du hast den Größenwahn. Das ist in unserem Jahrhundert bekanntlich der Ersatz für die Genialität.«

Sie springt entschlossen aus dem Bett.

»Ich will tanzen«, sagt sie ultimativ. Setzt sich dann doch auf die Bettkante.

»Gib mir wenigstens was zu rauchen«, sagt sie.

Ich reiche ihr die Tüte, und dann fahre ich ihr mit der Zunge den Innenschenkel hoch. Eine schmollende Julia schickt mir den Joint zurück.

Ich lese was über Schelski.

Ja, Schelski, den kenne ich. Den habe ich öfter gesehen. Soll ein Kommissar sein, sieht aber nicht so aus. Sieht eher wie Berliner Polizei aus. Ist ja auch ein Freund vom Rumänen. War mehrmals bei uns zu Hause. Lotte, die brave Siebenbürgerin, hat gekocht, der Bulle und der Rumäne haben vom Schachspiel geredet, von eher simulierten Partien, die sie in irgendwelchen Kneipen spielten, Ost-West-Partien, wie sie sagten. Hört sich an, als hätte es wirklich der Rumäne geschrieben. Ost. Das war der Ort hinter der Mauer. Hinter dem Schandmal, an das sie uns früher mit der Schule brachten, zum lehrreichen Anschauungsunterricht. War auch mal drüben, damals. Doofe Gegend. Zum Gähnen billig. Unser Lehrer war total nervös. Der hatte 'ne Menge Ostmark dabei, die er in Ost-Schallplatten umsetzen wollte. Und die Ostmark durfte man weder ein- noch ausführen. War reines Ost-Spielgeld. Mann, war der nervös. Mich erinnerte es nur an Bukarest und Hermannstadt. Ich brauchte keinen Anschauungsunterricht. Ich wußte, wie es ist, wenn man nichts kaufen kann. Wenn überall die falschen Klamotten rumliegen, die falschen Platten und die falschen Bücher. Ich war dem Anschauungsunterricht gerade entkommen, dem Anschauungsleben.

Dabei hatten wir schon das eine oder andere. Not brauchten wir keine zu leiden in Bukarest. Lotte und Dinu schafften immer das Nötigste ran, und Lottes Familie half ebenfalls kräftig mit. Die Westverwandtschaft tat ihr Bestes.

Ich lege das Manuskript aus der Hand. Julia kichert sinnlos. Ich greife ihr in den Slip.

»Du bist nicht bei der Sache«, protestiert sie.

»Doch«, sage ich und schalte meinen Kopf umgehend ab.

Nachher verschwindet Julia ins Bad, und ich schmökere weiter, lese was über eine Frau namens Erika. Es handelt sich dabei um eine Leiche.

Ob der Rumäne jetzt schon Kriminalromane schreibt? Zuzutrauen wäre es ihm. Aber warum schickt er das Manuskript an mich? Und warum sind das lauter echte Namen? Echte Personen gehn ja noch, aber echte Namen? Niemals. Soviel habe ich gelernt.

Wer aber ist Erika?

Die kenne ich nicht. Von der habe ich nie was gehört. Null. Nach dem, was in dem Konvolut steht, scheint es sich um eine alte Bekannte von meinen Eltern zu handeln. Kann mich aber nicht erinnern, daß sie die jemals erwähnt hätten. Haben anscheinend auch ihre Geheimnisse. Allzu scharf war ich nie drauf, diese eventuellen Geheimnisse zu lüften. Besser, wenn man nicht alles über die Eltern weiß. Okay, ich verschone euch mit weiteren Ansichten zum Thema.

Ich schmökere weiter.

Achgott, der fängt schon wieder von Rumänien an. Es ist zum Einpennen. Jetzt bin ich von zu Hause weg, aus Berlin abgehauen, und muß mir auch hier noch diesen ganzen Scheiß über Rumänien reinziehen. Als reichte es nicht, daß ich dort geboren bin.

Du, mach's kürzer, ich kenn das alles.

Ich stehe in der Bushaltestelle, in meiner Schuluniform. Es ist Morgen, aber schon heiß. In Bukarest kann es im Juni schon sehr heiß sein. Ich warte auf den Bus, der nicht kommt, und die Menschenmenge in der Haltestelle wird immer größer. Und dann kommt der Bus, und in seinen offenstehenden Türen hängen ganze Menschentrauben. Nichts geht mehr, keinerlei Chance. Ich gehe zu Fuß. Damit habe ich die erste Stunde verpaßt, und die Hymne muß ich auch nicht mehr singen.

Noch 'ne Tüte. Julia.

Jetzt zitiert er auch noch den Dissi. Richartz. Ich hab

sein Buch doch gelesen. Und dann hab ich mir hundertmal anhören müssen, daß Dinu und Lotte ihn gekannt hätten. In ihrer Studentenzeit und so. Sie hätten an seinem Diskussionskreis teilgenommen. Schien mir leicht übertrieben. Aber ich kannte meine Sohnespflichten. Yeah!

Alles schön und gut, aber nicht schon wieder Rumänien. Ich habe das Buch gelesen, ich habe mich informiert. War wirklich in Ordnung, aber was soll dieser Papierhaufen in meinem Postfach!

Im Sommer, in den Schulferien, flüchtete jeder, der es sich leisten konnte, aus dem brütenden Bukarest. Aufs Land, in die Berge oder ans Meer. Manche auch nur bis zum See, nach Snagov. Wer Zutritt hatte. Das meiste dort war für die Bonzen reserviert. Man brauchte einen Ausweis. Und Dinu hatte so einen Ausweis. Er hatte für das meiste einen Ausweis. Und so ging es uns gut. Es ging uns gut, wie einigen der anderen Kinder, und es ging uns besser als einigen anderen Kindern. Ich kannte auch Kinder, deren Väter keine Ausweise hatten, aber darüber dachte ich nicht weiter nach. Vielleicht waren ihre Väter nicht so schlau wie Dinu.

Im nachhinein erscheint alles anders, wird fragwürdig. Hinter ganzen Jahren steht plötzlich ein dickes Fragezeichen.

Die Vergangenheit entläßt dich niemals. Wer hat das bloß gesagt? Der Rumäne, als er mit mir wieder rumänisch sprechen wollte? Die Freude mach ich ihm nicht. Nicht einmal Lena macht ihm die Freude. Dabei haben wir sogar mal getestet, ob wir noch rumänisch sprechen können, Lena und ich. Wir saßen im Lotus, und plötzlich sagte Lena etwas auf rumänisch zu mir, und ich antwortete ihr ebenfalls auf rumänisch.

Wir lachten laut und sprachen weiter auf deutsch.

»Erzähl es bitte nicht Lotte, und verrat uns nicht an den Rumänen, sonst ändert sich die Staatssprache im Hause Schullerus«, sagte Lena beim Weggehen.

Ich nickte.

Wir waren plötzlich richtige Geschwister, wir hatten ein echtes Geheimnis, für einen Augenblick kehrte unsere Kindheit zurück.

In den Ferien waren wir meistens bei den Großeltern in Siebenbürgen, bei Lottes Eltern. Wir waren die meiste Zeit mit Lotte allein dort. Dinu mußte in Bukarest arbeiten. Er mußte auch in den Ferien arbeiten. Wir aber waren in dem siebenbürgischen Dorf meiner Großeltern, wo alle deutsch sprachen und immer nur von Deutschland die Rede war, und davon, wer gerade nach Deutschland gegangen ist und wer schon lange in Deutschland ist und was die dort machten. Und wer demnächst nach Deutschland gehen wird, und was die Betreffenden in Deutschland machen werden.

Der Satz über die Vergangenheit steht im Manuskript. Vergangenheit! Was geht mich das an? Ist es vielleicht meine Vergangenheit? Habe ich kein Recht auf eine eigene Vergangenheit? Auf mein Papierschiffchen auf der Spree und auf dem Main? Das dort allein schwimmt und naß wird und ertrinkt?

Ich habe nichts mit Rumänien am Hut. Ich habe mich informiert, okay. Damit ich weiß, wo ich herkomme. Wie der Rumäne sagt. Wie auch Lotte sagt. Darin sind sie gleich. Immer diese Herkunft. Als wären sie nicht ausgewandert.

Wir sind vor zehn Jahren weg. Und wir waren nie wieder dort. Weil es angeblich nicht ging. Weil es zu gefährlich war. Die Großeltern in Siebenbürgen sind gestorben, und wir waren nicht auf dem Begräbnis. Unsere Großmutter in Brăila ist gestorben, Dinus Mutter, und wir fuhren nicht hin. Nach Brăila fuhren wir sowieso nie. Aber sie war oft bei uns in Bukarest. Und jetzt ist sie schon lange tot.

Ich kenne niemanden mehr in Bukarest. Ich weiß nicht, was aus meinen Schulfreunden geworden ist, ich durfte ihnen nicht schreiben. Es war zu gefährlich, und außerdem hätte ich den Kindern in Bukarest mit meinen Briefen geschadet. Alles Originalton Dinu, von Lotte abgenickt.

Lotte mit ihrem Siebenbürgen und der Rumäne mit seinem Nationalschicksal. Lotte hat Kupferstiche aus dem mittelalterlichen Hermannstadt in ihrem Arbeitszimmer hängen. Schon ziemlich realistisch, seit dem trüben Mittelalter ist in der Gegend ohnehin nicht mehr viel Neues passiert. Dafür haben sie schöne Landschaften. Und nicht zu vergessen, die Karpaten. Den siebenbürgischen Alpenverein.

Der Rumäne hat einen seiner Fürsten an der Wand, einen von diesen Balkan-Wegelagerern, wie Richartz nach ein paar Bier sagte, an dem Marsalis-Abend, Michael der Tapfere, soll auch Ceauşescus Lieblingsheld gewesen sein.

Uns sind die in der Schule immer mit der Geschichte gekommen, damit wir uns schuldig fühlen sollten, wie die Erzkatholiken. Wegen Auschwitz und so. Julia hat sich bei einer solchen Gelegenheit zu Wort gemeldet und gesagt: »Wie kann ich schuldig sein, wenn ich damals noch gar nicht geboren war?« Und die Hochmoralistin vorne, diese Supermoderatorin von Lehrerin, die gerade zwei Mädels zum Heulen gebracht hatte, warf sofort ein neues Wort in den Ring: Verantwortung. »Auch die Nachgeborenen tragen Verantwortung«, sagte sie.

Es war genau wie bei meinem Rumänen. Der hielt mir seine Nationalheiligen wie einen einzigen Vorwurf entgegen und forderte die Verantwortung für die Nation. Er hatte sich seinen Nationalaltar gebastelt, aber in Deutschland.

»Warum seid ihr denn ausgewandert, wenn euch die Vergangenheit so viel wert ist«, habe ich Lotte und Dinu gefragt. Sie sind mir die Antwort bis heute schuldig geblieben.

Ja, ich lese ja schon. Ich lese doch. Ich weiß nicht, warum ich das Zeug lese. Jedenfalls lese ich, und so erfahre ich, daß mein Vater bei der gefürchteten Securitate gearbeitet hat, von Richartz als verbrecherisch beschrieben.

Ich lese die Stelle zweimal. Dann höre ich auf. Ich lese zwei Tage lang nichts mehr. Wir gehen ins Kino, aber ich sehe den Film nicht. Ich sehe den Film nicht, und ich weiß nicht, was ich danach mit Julia rede.

»Bist du ein Held deiner Geschichten geworden«, höre ich sie fragen.

»Warum«, sage ich.

»Du redest nicht mehr.«

»Und reden meine Helden nicht?«

»Nein, die träumen«, sagt Julia.

Ist schon ein Hammer. Auf die Idee wäre ich nie gekommen. Dinu hat bei der Securitate gearbeitet. Scheiße. Ich müßte mit Lena sprechen, aber Lena ist in Berlin. Ich könnte sie anrufen. Es ist aber kein Telefonthema. Hallo Lena, wußtest du, daß der Rumäne bei der Securitate war?

Die Securitate. Das waren die großen Angstmacher. Sogar der siebenbürgische Großvater, der kein Blatt vor den Mund nahm, sagte uns einmal, Lena und mir, wir sollten in Bukarest nicht erzählen, was bei ihm im Haus geredet werde, sonst kämen die Geheimen und holten ihn ab. Und dann könnten wir ihn nicht mehr besuchen.

Und zuletzt, als wir vor der Ausreise standen, als wir auf die Papiere warteten, sagte auch Lotte zu uns, wir sollten schweigen und in der Schule so wenig wie möglich von unseren Ausreisevorbereitungen reden. »Wir kriegen doch eine Genehmigung«, sagte Lena. »Trotzdem«, meinte Lotte. »Es ist besser so.« Und dann waren wir weg, und auch die Securitate war weg. Jedenfalls mußte man in unserem Haus keine Rücksicht mehr auf sie nehmen. Die Securitate war so weit weg wie Rumänien.

Ich las darüber in Richartz' Buch und in Zeitungsartikeln, die meine Eltern nach Hause brachten. Mal war es Lotte, mal war es Dinu. Sie saßen dann abends noch lange zusammen und besprachen diese Artikel über Rumänien, die sie anschließend auch Lena und mir zu lesen gaben. Es gab gute und schlechte Artikel über Rumänien, jedenfalls wurden sie von Lotte und Dinu so bezeichnet. Sie wurden richtiggehend benotet. Je nachdem, ob ihr Inhalt den Einschätzungen von Lotte und Dinu entsprach oder nicht.

Und dann kamen die Medienberichte vom Dezember 1989. Bei uns lief damals die ganze Zeit über der Fernseher. Ich sehe das alles noch einmal vor mir. Der Diktator bei seiner letzten Rede. Die ersten Protestrufe. Seine hilflosen Gesten. Die Menschenmassen auf den Straßen. Die Flucht mit dem Hubschrauber vom Dach des ZK-Gebäudes. Der lächerliche Prozeß. Sagenhaft kurzer Prozeß. Hinrichtung. Nicolae und Elena vermachen ihre Leichen dem Fernsehen.

Lotte hatte bei den Nachrichten Tränen in den Augen. Es waren keine Freudentränen, es waren Tränen der Befreiung. Als fiele eine ungeheure Last von ihr. Als wäre sie plötzlich frei. Aber wir waren doch längst ausgewandert. Sie überlegte nach Bukarest zu telefonieren, doch Dinu sagte: Laß das. »Laß das lieber.«

Sie nickte. Er nahm ihre Hand.

Ich habe die ganze Aufregung nicht verstanden.

Und dann hörte Dinu auch noch diesen amerikanischen Sender aus München, der auf rumänisch sendete. Er hatte plötzlich ein Kurzwellenradio. Das hatte ich bei ihm noch gar nicht gesehen. Kurzwelle, mit Rauschen und so. Radio. Kein Mensch hat so was.

In Bukarest hätten sie den Sender immer gehört, abends und heimlich. Sozusagen konspirativ. Ich kann mich nicht daran erinnern. Haben sie wahrscheinlich vor uns Kindern verheimlicht. Gut gemacht, Herr Leutnant. Ich Zivi, Vater Stasi. Aufgehörter Stasi. Hat er mich bisher nicht gebraucht in der Sache, soll er es jetzt ebenso mit sich ausmachen.

Umsonst schickt er mir das Konvolut. Ich nehme es ihm nicht ab. Lieber Vater, behalte deine verbrecherische Organisation, bei mir besteht kein Bedarf.

Ich werfe den Packen in die Ecke. Was soll ich mit diesem Wissen anfangen? »Mein Vater war bei der Securitate«, sage ich laut, aber der Satz erscheint mir lächerlich. Er erscheint mir einfach lächerlich.

»Zeit, was zu essen«, rufe ich Julia zu.

Wir kratzen unsere Fünfer zusammen. Für den Studi-Italiener wird's reichen. Pizza zu zweit. Auch dieser Tag vergeht.

2

Jetzt soll ich Sohn sein. Ich will nicht Sohn sein. Ich will ich sein. Ich. Lese trotzdem weiter. Nehme das Manuskript ins Café mit und lese. Und plötzlich ändert sich die Sache. Hier spricht nicht mehr mein Vater allein. Nicht mehr nur der Rumäne. Hier spricht auch Richartz. Jetzt hast du den Originalton Richartz. Kenne ich aus seinem Buch über Rumänien. Der Securist schickt also seinen Text an den Dissidenten, und dieser schreibt seinen Kommentar dazu. Eine echte Koproduktion.

Ein Junge schlägt Rad vor dem Café. Die Straße steigt auf zum Horizont. Schweiß ist auf meiner Stirn. Ich träume einen schweren Traum. Einen Skateboard-Traum.

Wer aber hat den Text nun an mich geschickt? War es vielleicht gar nicht der Rumäne? Geht es hier gar nicht um Vater und Sohn, um die uralte Geschichte, den schicken Lehrstoff, den Schulweisheitenwitz? Ich muß es zu Ende lesen. Bleibt mir nichts anderes übrig. Ich sage euch, mit einer solchen Schwarte in Frankfurt zu hocken ist nicht das Größte.

Wem soll ich das bloß erzählen? Das glaubt mir kein Mensch! Mit Lotte drüber reden. Die weiß das alles und hat nie etwas gesagt. Keinen Ton. Dabei weiß sie alles über mich. Alles. Ich kann nur sagen: Söhne, ihr wißt, die Väter könnt ihr vergessen, aber bitte traut auch euren Müttern nicht über den Weg, diesen verständnisvollen Frauen aus der Flower-Power-Welt. Sie hüten vielleicht kein eigenes Geheimnis, aber das ihrer Männer um so besser. Und ihre Selbständigkeit, diese Souveränität, die dich so beeindruckt, ist nichts als die gekonnte Tarnung fürs große Schweigen im Dienste des fiesen Häuptlings der Familie.

Mach halblang, flüstere ich mir zu. Es ist ein schöner Tag in Frankfurt, und das ist, Guten Morgen, ihr Deutschlandkenner, etwas Besonderes. Ich sitze hier im Café und warte auf Julia, die sich in die Bibliothek verzogen hat. Manchmal muß man richtig was tun fürs Studieren. Ich hocke da und murmele: Düstere Gedanken, laßt mich los. Ich bin ein Fremder und fühle mich wohl. Wenn ich etwas älter wäre, könnte ich glatt in die Werbung für ein Wellness-Hotel einsteigen.

Was kann ich ihnen schon vorwerfen, den lieben Eltern? Sie werden sagen, wir haben es für euch, für die Kinder, getan. Wir mußten für euch in den Westen. Was wärt ihr heute, wenn wir uns damals nicht den Westen erkämpft hätten? Die ewigen Mittel, die die Zwecke des Vergänglichen heiligen.

Es ging nicht anders. Würde Dinu sagen. Und Lotte auch. Sie mußten das alles für sich behalten, in unser aller Interesse. Du warst ein Kind, höre ich sie sagen. Glaubst du, es ist uns leicht gefallen? Wozu also fragen? Um sie zu fragen, müßte ich nach Berlin zurückfahren. Will ich aber nicht. Will nicht Sohn sein, jetzt nicht.

Der möchte mich doch nur nach Berlin holen. Zum Familienrat. Der möchte aus der Not eine Tugend machen. Die Familie zusammenbringen. Alter Balkan-Trick. Er hat meine Adresse in das Manuskript geschrieben und es an Richartz geschickt. So war es. Er hat eine Spur für Richartz gelegt. Fein hat sich der alte Securist das ausgedacht. Aber nicht mit mir. Nein, nicht mit mir. So schlau ist der Sohn des Securisten auch.

Bin ganz schön in Fahrt. Die Sache nimmt mich doch mehr gefangen als ich dachte. Damit aber muß Schluß sein. Ich will frei sein, Leute. Frei von diesem großen Osten. Man kann sich seinen Geburtsort ebensowenig aussuchen wie die Eltern. Deshalb ist Flucht angesagt.

Man muß einfach weg. Man muß alles vergessen. Telefon abmelden. Ortswechsel. Nicht erreichbar sein. Man dürfte nicht erreichbar sein für die Eltern. Endgültig nicht. Da ist aber Frankfurt nicht weit genug, wie ich sehe. Vielleicht muß ich bis Thule. Mit Rammstein bis Thule. Oder so. Ich steh nicht auf Rock.

Nein, kein Ort ist weit genug. Lottes Urgroßeltern sind bis Amerika gegangen und doch nach Siebenbürgen zurückgekehrt. Siebenbürgen! Als ich damals nach Berlin kam, fragten mich die Kinder in Neukölln, ob ich Dracula kennen würde, ob ich sein Schloß gesehen hätte.

Ich sagte, ich käme aus Bukarest, und sie sagten, was hast du für einen komischen Akzent. »Emine spricht besser deutsch als du«, sagten sie, und dann war ich nur noch der Rumäne, aber sie meinten es nicht böse. Sie nahmen mich zu all ihren Schandtaten mit. Und wenn es was besonders Fieses zu tun gab, sagten sie: »Das macht Chris, der kennt den Dracula.«

Lottes Urgroßeltern haben gutes Geld in Ohio gemacht. Das war um 1900. Sie sind vor dem Ersten Weltkrieg nach Hermannstadt zurückgegangen, es kam der Krieg, und alles war weg. Als wären sie niemals in Amerika gewesen.

Diese lieben Eltern. Dinu mit seiner Unfähigkeit, überhaupt etwas zu verstehen, und Lotte mit ihrem unwiderstehlichen Antrieb, zu allem Zugang zu finden.

Nein, bei diesen Eltern hilft nur die Distanz. Der Abstand. Den mußt du einrichten können. Eine ethnische Distanz legen, zwischen Dinu und mich. Kein Rumänisch zulassen, unter keinen Umständen. Ich bewundere Lena. Sie hat es geschafft. Sie ist nur ein paar Kilometer weiter gezogen, von Tempelhof nach Kreuzberg, aber sie hat es geschafft. Bei ihr mischen sie sich nicht mehr ein. Sie sind froh, wenn die Tochter vorbeikommt, und wann sie vorbeikommt, bestimmt Lena.

Ich aber kriege es nie hin. Nun bin ich schon in Frankfurt, und immer noch erreicht mich ihre Flaschenpost. Wahrscheinlich kann ich bis Amerika gehen, und sie bleiben doch in meiner Nachbarschaft. Ratlos starre ich in den hellen Abend. Ich suche die starke Gegenwart der Stadt. Aber dann lese ich doch wieder in der Schwarte.

3

Dinu setzt alles auf eine Karte. Dinu in Aktion. Er folgt Onescu bis nach Hellersdorf. Bis zum bitteren Ende. In die Hellersdorfer Platte.

Onescu verläßt den U-Bahnhof, betritt das Einkaufszentrum »Helle Mitte«. Ist nach der Wende entstanden. Damit wollten sie die Trabantenstadt aufwerten. Leben reinbringen. Ein Teil der Fassaden ist bunt gestrichen. Onescu treibt sich kurz in den Läden rum. Zupft an Sakkos, an Pullovern. Vorgetäuschtes Interesse. Man sieht ihm die Tarnung an. Keine gute Note, diesmal, sagt sich Dinu.

Er verläßt die Einkaufspassage durch einen Seitenausgang. Läuft über die Straße, durch einen Blockdurchgang, in einen Innenhof mit Gras und Bäumen, springt in einen Hauseingang hinein. Dinu hechelt ihm nach, erwischt ihn vor der aufgesperrten Tür, schubst ihn in die Wohnung. Ist sofort mit ihm im Flur.

Onescu zieht eine Pistole, Dinu schlägt sie ihm aus der Hand. Sie kämpfen kurz um die Waffe. Dinu ist der schnellere. Toll, mein Alter. Wie im Kino. Wie im besten Hollywood-Kino.

Dinu dirigiert Onescu zurück zur Wohnungstür, befiehlt ihm abzuschließen. Dann läßt er sich von Onescu die Wohnung zeigen. Zwei Zimmer. Möbliert.

Sie setzen sich ins Wohnzimmer. Dinu, die Pistole in der Hand.

Onescu blickt ihn an. Reibt sich den Arm, den Dinu ihm vorhin verdreht hatte.

»Dinu, das ist keine gute Idee von dir«, sagt Onescu.

»Ist mir egal.«

»Mein Partner kann jede Minute eintreffen.«

»Ist mir auch egal.«

»Dir scheint ja überhaupt alles egal zu sein. Geht's dir so schlecht? Vielleicht können wir ja ins Geschäft kommen.«

Onescu versucht ein Lächeln.

»Geschäfte interessieren mich nicht, und schon längst nicht mit euch.«

Onescu lacht.

»Und was willst du dann?«

»Ich will wissen, warum Erika tot ist. Ich will wissen, warum sie sterben mußte. Das ist alles, was ich wissen will.«

Onescu wirft ihm einen langen Blick zu.

»Warum zum Teufel ist dir das so wichtig, woran diese Hure gestorben ist?«

»Sag es noch mal, und du bist ein toter Mann. Sag's noch mal!«

»Beruhige dich, Dinu. Willst du wirklich wissen, was passiert ist? Und gibst du dann Ruhe?«

Dinu nickt.

Onescu überlegt eine Weile, dann sagt er: »Also gut. Du sollst es erfahren.«

4

Morgen. Das Licht ist wieder über der Stadt. Ein seltenes, ein unberühmtes Frankfurter Licht. Das Licht und der Wind. Lauter Fragen sind in meinem Kopf. Der Balkan ist in meinem Kopf. Der Balkan ist eine Fragestunde in meinem Kopf. Ich wäre jetzt gerne ein Trickdieb. Mein eigener Trickdieb.

Aber ich bin kein Politiker, ich habe keine vorbereiteten Antworten. Ich habe gar keine Antworten.

Dieses Manuskript macht mich einsam. Ich hätte es längst wegwerfen und an meine eigenen Sachen denken sollen. Ich hätte an meinen Sachen weiterschreiben sollen, an meinen Storys. Ich, fliegender Gedankenhändler, Streuner und Schlepper. Ganze Länder schleppe ich rüber, schleppe ich ein. Mit dieser Lektüre.

Seit einer Woche habe ich keinen meiner Träume mehr aufgeschrieben. Sonst habe ich meine Träume aufgeschrieben. Habe versucht, Kurzgeschichten daraus zu machen. Einen Löwen für einen Traum. Ich lache. Das mit dem Löwen, lieber Leser, ist ein Witz, den nur ich verstehe.

Ich habe gelesen und wieder gelesen. Das Manuskript hat mir also nicht der Rumäne geschickt, nicht mein Vater hat es mir aufgehalst, sondern Richartz. Was wird er sich wohl dabei gedacht haben?

Es ist anscheinend seine subtile Rache an dem ratlosen Ex-Securisten. Aber angezettelt hat es ja doch der Rumäne, indem er seine Memoiren an Richartz geschickt hat.

Vielleicht war es ein Angebot, die Vergangenheit aufzuklären, scheint ja mächtig wichtig zu sein, haben sie uns ja auch in der Schule eingehämmert. Nationalsozialismus und Kommunismus, blabla. Die Aufklärung hätte aber einen Dialog zwischen meinem Vater und Richartz ergeben. Und diesen Dialog wollte Richartz offensichtlich nicht. Kann er nicht gewollt haben. Geht nicht. Sonst wäre er nicht der Dissident.

Was hätte er dem Securisten schon antun können? Jetzt, wo alles vorbei ist. Staub und Asche. Zelluloid. Nichts.

Ihn anzeigen? Wofür? Straftaten waren das in Deutschland sowieso keine. Und wenn es Straftaten waren, waren sie längst verjährt. Alles verjährt. Selbst die Erinnerung. Gerade die. Richartz hatte seine Erinnerung, und Dinu hatte seine. Alles wäre plötzlich zweimal gewesen, zweimal und ambivalent.

Was konnte er also tun? Er konnte das Ding an mich verschieben.

Der Rumäne hat es dem Dissi leichtgemacht. Vielleicht mit Absicht. Vielleicht hat er gedacht, Richartz könne mir das alles erklären, das ganze Verbrechen plausibel machen. Wo er doch so ein präziser Balkan-Erklärer ist, wäre die Erklärung der Vaterbiographie ein Klacks für ihn. Und er selber, der Rumäne, wäre entlastet.

Aber an mich, wer hat an mich gedacht? Warum soll ich mich mit der Vergangenheit herumschlagen? Weil es zufällig um meinen Geburtsort geht? Um meine sogenannte Familie? Warum hat er's nicht an Lena geschickt? Ich habe auch ein Recht auf Schonung! Ich habe kein Interesse an eurem Erbe. Nee. Es kann nicht immer nach eurer Mütze gehn! Ich, Sohn, der Gefangene eurer Lebensentscheidungen.

5

»Ich nehme an, du weißt, mit wem ich mich an der Oranienburger getroffen habe«, sagt Onescu.

»Mit Dieter Osthoff.«

»Richtig.«

»Osthoff war unser Geschäftspartner. Er war gut getarnt. Einmal durch die Kurierdienste für die Dissidenten. Dann durch die Flucht von Erika, die er organisiert hat. Wir haben das alles nicht nur geduldet, wir haben es zum Teil sogar eingefädelt.«

Onescu ist der Stolz anzumerken.

»Nach der Fluchtaktion kam Osthoff nicht mehr nach Rumänien. Seither trafen wir ihn in Ostberlin.«

»Das BKA observiert ihn«, sagt Dinu.

»Das hat dir wohl dein Kommissar erzählt.«

»Hat er. Und er hat noch einiges mehr erzählt.«

»Was denn?«

»Daß Osthoff eine Stasi-Akte hat, aus der hervorgeht, daß ihr das Material an die Russen weiterverkauft habt. Die Russen! Dafür hasse ich euch!«

»Wo ist das Problem«, fragt Onescu.

»Ich bin aus nationaler Verantwortung zur Securitate gegangen. Ich bin damals nach achtundsechzig wegen der Chance für unsere Unabhängigkeit zum Geheimdienst gekommen. Um unser Volk vor den Russen zu bewahren.«

Dinu hält inne, als er das schiefe Grinsen von Onescu bemerkt.

»Sieh mal an«, sagt dieser, »du bist also auch einer von den Träumern. Hätte ich nicht für möglich gehalten. Dabei hast du nicht einmal aus deinen eigenen Kindern gute Rumänen machen können.«

»Red weiter, und ich erschieße dich.«

Onescu schweigt.

Plötzlich springt er hoch. Schlägt Dinu die Pistole aus der Hand. Doch der ist schneller.

6

Ich ertappe mich immer wieder dabei, daß mir das Manuskript durch den Kopf geht. Es läßt mir keine Ruhe. Gib Ruhe, sage ich, gib mich frei. Es ist fast ein Gebet, das mich umtreibt. Aber meine Bitten bleiben ungehört. Ich bin so ratlos, daß ich auf der Straße der Wahrsagerin meine Hand hinhalte. »Eine große Reise steht dir bevor, junger Herr«, sagt sie naturgemäß. Ich überhöre es. Die Zigeunerinnen meiner Kindheit geistern mir durchs Hirn. »Nein«, sage ich. »Nein.« Sie ist aus Bosnien. Aus dem Kosovo. Ihr Pappschild sagt's. Ihr Pappschild lügt und lügt nicht. Wie mein eigenes, mein imaginäres, das ich plötzlich sehe. Ich, in Bukarest, und dann in Berlin. Der eine Boulevard und der andere Boulevard. Zwei verschiedene Welten. Ich, zuerst in der einen, dann in der anderen. Und dann, immer mehr in der anderen. Siebenbürgische Apfelbäume, reihenweise und stumm.

Ich sitze im Café. Versuche zu schreiben. Nichts, was mit dem Manuskript zu tun hat. Zorro, bewahre! Ich will nichts mehr dazuschreiben. Kein weiteres Wort. Habe schon genug nachgedacht. Es reicht. Das habe ich beschlossen. Fest versprochen. Mir selber. Gestern. Ich will an meinen Storys weiterschreiben. Amerika, erhöre mich!

Ich sitze da, und es fällt mir nichts ein. Hirnstrom, abgerissen. Traum, empty mirror, leer. Die Helden an den Nachbartischen grinsen. Jedenfalls habe ich den Eindruck, daß sie grinsen.

Warum haben sich Dinu und Richartz nicht einfach getroffen und die Sache mal durchgesprochen?

7

»Von Osthoffs Stasi-Akte haben wir zu spät erfahren«, sagt Onescu. »Das war unser Fehler. 1990, im Januar, als in Bukarest das Riesenchaos ausbrach und der Pöbel die Securisten hängen sehen wollte und das antikommunistische Geschrei kein Ende nahm, haben wir natürlich Vorsorge getroffen, auch Geld transferiert. Wir haben es Osthoff ausgehändigt. Einen schönen Batzen, sag ich dir. Als dieser aber nun seine Schwierigkeiten mit dem BKA bekam, dachte er plötzlich nicht mehr daran, das Geld zurückzugeben. Anfangs meinten wir, er sei vielleicht mit den Russen ins Geschäft gekommen. Das traf aber nicht zu. Jedenfalls fanden wir nichts heraus. Ich glaube, er wollte sich mit dem Geld absetzen. Sich der möglichen Anklage und dem drohenden Gerichtsverfahren entziehen. Embargo-Geschäfte, Spionage, was weiß ich. Selbst der Westen kennt die Rache. Man nennt es Recht, Justitia.«

»Uns paßte das gar nicht. In Bukarest hatten sich die Dinge, wie du weißt, bald wieder eingerenkt, und für uns lief die Sache dort ganz gut. Schließlich besitzen wir Akten genug gegen all diese Maulhelden in der Regierung und im Parlament. Wir brauchen nur ab und zu ein paar Blatt an die Presse zu geben, und schon parieren die Kerle wieder.« Onescu lacht.

»Nun aber kommt das eigentliche Problem. Osthoff hat das Geld durch Erika verwalten lassen oder waschen oder verschwinden, oder wie du es sonst nennen magst. Das BKA sollte ja nichts bei ihm finden. Nicht einmal ein Nummernkonto, das mit seiner Visage verbunden war, keine ominöse Schweizreise, nichts.«

»Erika hat das übernommen. Da hat das BKA geschlampt. Die Kollegen haben nur den Geschäftsmann überwacht. Die getrennt lebende Gattin nicht. Vielleicht haben sie dafür auch keine Genehmigung erhalten. Hier herrschen bekanntlich demokratische Zustände.«

Onescu lacht dröhnend.

8

Heute, als ich aufwache, habe ich zum ersten Mal den Gedanken, ich bin auf der Flucht. Wieso ich? Du redest im Schlaf, sagt Julia sachlich. Ich frage sie nicht, was ich gesagt habe. Ich will es lieber nicht wissen. Ich ahne, es kann nur zu Streit mit Julia führen.

Ich bleibe im Bett liegen, den Blick an der Decke. Ich starre so fest auf einen Punkt an der Decke, als könne ich diesen Punkt öffnen und durch den Tunnel darüber entschwinden. Wieso bin ich der Flüchtige? In meinem Ohr ist Musik. Sie kommt aus dem Flur, es sind die Guano Apes, und sie klingen plötzlich so, als machten sie Musik für die Opas. Opas stehen unglaublich auf Rock und Balladen und den ganzen Scheiß. »Mach die Musik aus«, rufe ich, aber es bleibt unklar, wen ich meine.

Du bist auf der Flucht, sage ich mir. Alle sind auf der Flucht. Mein Vater, meine Mutter. Richartz. Alle. Und eine hat es bereits erwischt auf der Flucht: Erika.

Ohne es zu merken, bin ich schon wieder bei dem Manuskript. Dabei will ich heute im Licht des Morgens, in der Helle meines Hirns, eine neue Story beginnen. Ein zorniges Satzgewitter soll mein Zimmer erleuchten, soll über die Stadt eilen, über das Land Hessen. Mein heftiger Protest gegen das große Irgendwas. Sein oder Nichtsein. Schülertheater-Shakespeare. Scheiß!

So habe ich mir das gedacht. Mit meiner Stimme habe ich es gerufen. Aber zwischen mir und dem großen Abgründigen, zwischen den schönen Schaurigkeiten und mir, liegt das Manuskript, der rumänische Torso.

Vielleicht haben wir ein unvollständiges Leben. Wir haben

es abgebrochen, sind abgehauen. In den Westen. Meine Mutter. Mein Vater. Richartz. Lena. Ich.

Meine Mutter, mein Vater. Sie haben eine Entscheidung getroffen. Meine Mutter hat es entschieden, wenn man dem Konvolut Glauben schenken soll. Wegen den Weibern und der Securitate. Wegen der Konkurrentin. Wegen Erika. Aber auch wegen der Sauereien, in die sich Dinu immer tiefer verstrickt hätte.

»Man kann keiner verbrecherischen Organisation angehören, ohne selber zum Verbrecher zu werden.« Das habe ich natürlich bei Richartz gelesen. Binsenweisheit. Aber der Absatz geht weiter.

»Man kann nicht in einem verbrecherischen System leben, ohne selber schuldig zu werden«, heißt es bei Richartz. Er nennt diese Erkenntnis als Hauptgrund für seinen Entschluß, im Westen zu bleiben. Ich hatte ihn gefragt, und er war plötzlich sehr ernst geworden. Der Sarkasmus, den er sonst pflegte und mit dem er uns beim Workshop ständig in die Irre führte, war weg.

Klingt wie eine Rechtfertigung. Alles, was der Fortgegangene sagt, kann sich nur wie eine Rechtfertigung anhören. Der Westen hätte es ja lieber gehabt, wenn er, der Dissident, im Ostblock geblieben wäre. Die aufrechte Stimme der Opposition gegen ein unmenschliches Regime. Immer gut zum Zitieren. Medienfutter und Arbeitsbeschaffung für zahllose Menschenrechtskomitees. Was will der im Westen?

Sein Problem. Die betreffenden Seiten kannst du überspringen. Aber ich? Ich bin abgehauen, ohne gefragt zu werden. Mich haben die lieben Eltern auf die Flucht mitgenommen. Sie haben mich aus der Hölle gerettet. Ich soll ihnen dankbar sein. Ich dankbarer Sohn soll die Eltern verstehen, soll den Vater verstehen, Dinu, der den Absprung geschafft hat. Eine Verbrecherkarriere rechtzeitig abgebrochen hat.

Ja, ich bin abgehauen, aber hatte ich einen eigenen,

einen persönlichen Grund dafür? Warum bin ich weg? Weil meine Eltern weg mußten. Darum. Ich war ein Kind.

Im Grunde habe ich das alles Erika zu verdanken. Der unbekannten Soldatin, der geheimnisvollen Schönen. Ihr habe ich meine Rettung zu verdanken. Mein Westleben. Hätte sie, Erika, die enigmatische, nicht mit meinem Vater gepennt, und zwar immer wieder, wäre sie nicht zur notorischen Wiederholungstäterin in Sachen Ehebruch geworden, so lange, bis selbst meine doofe Mutter es gemerkt hat, hätte ich weder ein Westleben, noch wäre ich jetzt in Frankfurt und würde Julias Füße küssen, wie ein echter Schreiber, du weißt schon.

Vielleicht würde ich mit meinem Cousin Horia in Bukarest hocken und bei einem Table-Spiel über Siebenbürgen sprechen, über das Pech der Rumänen in der Geschichte, über byzantinische Kunst und ewige Bauernweisheit. Wer weiß.

Ich würde Christian Matache heißen. Oder mit meinem zweiten Vornamen: Adrian Matache.

Miss Bukarest, ich danke dir.

Ich danke dir für mein Westleben und lese weiter.

9

»Das Geld Erika zu geben war Osthoffs größter Fehler«, sagt Onescu. »Sie hatten sich auseinandergelebt, waren eher eine Interessengemeinschaft. Sie waren zuletzt dort angekommen, wo sie begonnen hatten. Bei der Zweckheirat. Angesichts des Geldes jedoch fing Erika offenbar an, Fragen zu stellen, bohrende Fragen.«

»Sie stritten sich, und der angetrunkene Osthoff verriet ihr einiges über seine Schwierigkeiten und über die Besitzer des Geldes. Daraufhin weigerte sie sich, das Geld herauszugeben. Sprach von Verbrechern, von Gangstertum, und daß man das Geld an eine Hilfsorganisation geben sollte, die in Rumänien Kinderheime unterstützte. Damit wäre vielleicht doch noch was wiedergutzumachen.«

»Die vielen Reportagen über die Zustände in den rumänischen Kinderheimen, die im deutschen Fernsehen seit der Wende gezeigt wurden, müssen einen starken Eindruck bei Erika hinterlassen haben.«

»Die Idee war ihr nicht mehr auszutreiben«, sagt Onescu. »Selbst der Hinweis, daß es sich um illegales Geld handele, das von den deutschen Behörden sofort beschlagnahmt werden würde und so nur dem unersättlichen Fiskus zugute käme und nicht den armen Kindern, änderte nichts an ihrer Haltung. Sie war wie besessen von der Idee der Wiedergutmachung. Ziemlich deutsch. Wollte sich wohl loskaufen beim lieben Gott.«

10

So viele Geheimnisse wie meine Eltern muß man erst mal haben. Spannend, aber nicht nachahmenswert. Da muß ich mir schon was anderes ausdenken. In diesen langweiligen Zeiten, in denen selbst Geheimdienste nur noch peinlich sind. Und alles viel zu mickrig, um eine große moralische Frage aufkommen zu lassen. Es ist, als würde Niemand das Universum übernehmen. Mister Niemand.

Und dann kommt Julia mit diesem Kerl an. Jörg. Hat sie schon ein paar Mal erwähnt. Sie lernen zusammen für die Prüfung. In der Bibliothek.

Und jetzt bringt sie ihn plötzlich in unsere Bude.

Was will der hier?

Ich werde langsam im Kopf, als wäre ich voller Stoff. Bin ich aber nicht. Und es ist auch kein Traum. Nur viel zu erzählen. Aber kein Traum.

Sie verziehen sich ins hintere Zimmer und ich höre zwei Stunden lang nichts von ihnen. Nur seine gleichmäßige Stimme und Julias Lachen.

Was fange ich an? Schreiben, vielleicht?

Ich renne im Zimmer auf und ab, lege Coleman Hawkins auf: If I Could Be With You One Hour Tonight. Und gleich danach Chico Freeman, Sometimes I Feel Like A Motherless Child. Aber ich höre es nicht. Und die beiden auch nicht.

Ich könnte weggehen, was trinken. Aber mit wem? Ich kenne hier niemanden. Ich kenne nur Julia. Ja, ich könnte fortgehen. Ich könnte gehen, für immer, spukt es mir durch den Kopf. Ich bleibe, und irgendwann geht er. Jörg.

Sie kommt zu mir ins Zimmer, und ich sage: »Was soll das?«

»Was«, fragt sie.

»Mit dem Kerl.«

»Ich habe dir gesagt, wir lernen zusammen.«

»Lernen?«

»Denk, was du willst.« Sie verdrückt sich in die Küche.

Ich höre sie mit dem Geschirr hantieren, gehe ihr aber nicht nach.

»Willst du auch einen Tee«, fragt sie durch die Tür.

»Wieso Tee«, sage ich.

»Du spinnst«, sagt sie, immer noch aus der Tür.

Und dann ist sie wieder im Zimmer.

»Ihr lernt also.«

»Ja, paßt dir das etwa nicht?«

»Nein, es paßt mir nicht.«

»Willst du nicht endlich Ruhe geben?«

»Nein.«

II

»Dann trat ich auf den Plan«, sagt Onescu. »Ich war nach Berlin gekommen, um mit Dieter über das Geld zu reden. Er klagte mir sein Mißgeschick und gestand mir sein Zerwürfnis mit Erika. Ich beschloß zu handeln. Kontaktierte Erika, wurde Zufallsbekanntschaft.«

»Erika zu treffen war nicht schwer. Sie pflegte durch Berlins Abendszene zu streifen. Ich gab mich als Besucher aus Bukarest aus, der für einen Monat zu Verwandten nach Berlin gekommen ist.«

»Wir sprachen vom wilden Bukarest, von Rumänien, von alten Zeiten. Sie wurde wehmütig, und eins ergab das andere. Du hast uns fotografiert, du weißt Bescheid.«

»Von dem Geld allerdings erfuhr ich nichts. Und eines Abends trafen wir Dieter. Sie stellte mich ihm vor. Wir ließen uns nichts anmerken. Aber Dieter fing an zu trinken, und dann ging es los.«

»Sie solle endlich das Geld rausrücken, die Faxen sein lassen, und im übrigen sitze hier, ihr gegenüber, und er zeigte dabei auf mich, der rechtmäßige Besitzer des Geldes. Nicht er, Dieter, sei der große Verbrecher, den sie am liebsten dem BKA in den Rachen schieben würde, sondern ich, Onescu, Oberst der Securitate, beauftragt mit der Eintreibung des Geldes.«

»Mit dieser Wendung hatte ich nicht gerechnet.

Erika sah mich an.

Zuerst sagte sie kein Wort.

›Ihr Verbrecher‹, sagte sie dann. ›Ihr Schurken!‹

Tränen traten in ihre Augen.

›Ihr habt mich benützt.‹

Sie stand auf. Rannte weg. Und ich ihr nach.«

»Wir saßen die ganze Nacht zusammen. Ich trat die Flucht nach vorn an. Behutsam versuchte ich ihr den Hergang der Geschichte zu erklären. Sie hatte viele Fragen, blieb aber erstaunlich ruhig. Machte mir keinerlei Vorwürfe, nickte bei meinen Antworten nur.«

»Als wir am Morgen auseinandergingen, sagte sie: ›Laß mich ein paar Tage nachdenken.‹«

»In dieser Zeit muß sie dich getroffen haben. Ich glaube, sie hat es erwähnt.«

»Ich rief sie an«, sagt Onescu, »sie sagte: ›Komm vorbei.‹«

»In ihrer Wohnung war Dieter Osthoff. Die beiden befanden sich mitten in einem Streit. Sie ließen sich durch meine Anwesenheit nicht von ihrer Auseinandersetzung abhalten. Es war vielmehr so, als beflügelte sie meine Präsenz. Als wäre ich der dringend benötigte Zeuge fürs Duell.«

»›Das größte Schwein bist du‹, sagte Erika zu Dieter gewandt. ›Du hast dich der Securitate ohne jeden Zwang angedient. Du warst im freien Westen, aber dir ging's nur ums Geld. Du hast mit diesen Verbrechern jedes Geschäft gemacht, freiwillig, nur um an das große Geld zu kommen.‹«

»›Du wirst keinen Pfennig davon wiedersehen, und du auch nicht.‹ Sie zeigte auf mich. ›Das schwöre ich. Ihr werdet es nie wiedersehen. Die Kinder werden es bekommen. Damit wenigstens ein Bruchteil gesühnt wird von diesem Verbrechen. Da es nun mal nicht aus der Welt zu schaffen ist, soll wenigstens dieses Geld einem guten Zweck zufließen. Dieters Lebenswerk, ein Kinderheim!‹«

»In diesem Augenblick ging Osthoff auf Erika los. Ich konnte es nicht mehr verhindern. Er stieß sie im Zorn gegen die Wand. Sie prallte mit dem Hinterkopf gegen eine Steinvase. War sofort tot. Was sollte ich machen?«

Er zuckt die Achseln.

»Wir beide, Dieter und ich, haben sie also in die Spree geworfen, und dein Kumpel Schelski hat sie rausgezogen.«

»Das ist die ganze Geschichte. Das Geld ist weg.«

12

»Wir können auch bei Jörg lernen«, sagt Julia.

Ich nicke und verziehe mich in mein Zimmer.

Dieses Match habe ich verloren.

Wir haben zu wenig gemeinsam, Julia und ich.

Sie braucht jemanden, der weiß, wovon sie redet. Und sie redet von ihrem Studium.

Mir aber muß sie alles erklären. Jedes Wort.

Und dann verstehe ich doch wieder nichts. Jedenfalls nicht das Problem. Ich kann nichts dazu sagen.

Und mit dem, was ich mache, ist es genauso. Meine Storys interessieren sie nicht. Und jetzt ist noch dieses Manuskript da. Dieses verdammte Manuskript. Es vergrößert die Kluft zwischen uns noch. Was soll ich tun? Mir eine Lotte suchen? Julia ist nicht Lotte, sie ist aber auch nicht Erika. Julia ist mir zu praktisch, zu pragmatisch. Sie weiß, was sie will, und ich träume.

Die Türklingel summt. Stimmen im Flur. Jörg ist da.

Ich lese weiter.

13

Onescu sitzt hilflos auf der Couch.

»Und warum bist du immer noch in Berlin«, fragt Dinu.

»Dinu, ich bitte dich, wie soll ich nach Bukarest zurückkehren. Wie soll ich meinen Chefs erklären, daß ich ohne das Geld komme. Die glauben mir diese Geschichte doch nie. Die denken, ich habe es beiseite geschafft. Das ist mein Ende.«

Dinu lacht.

»Dann mach's gut«, sagt er, zieht das Magazin aus der Pistole, steckt es ein. Die Pistole wirft er in die Ecke und verläßt die Wohnung. Geht nachdenklich aus dem Haus, ohne sich auch nur ein einziges Mal umzudrehen, geht mit langsamen Schritten zum U-Bahnhof, fährt zurück in die Innenstadt.

Keiner von uns war Erika gewachsen, keiner ist ihr gerecht geworden, denkt er plötzlich, während der Zug Station um Station abfährt. Wir waren alle zu klein für sie. Richartz. Osthoff. Ich. Wir waren allesamt in unsere mickrigen Lebensziele verstrickt. Sie aber hätte ein anderes Leben verdient. Um ihr das zu ermöglichen, hätten wir aufs Ganze gehen müssen. Dazu aber waren wir alle drei nicht in der Lage. Wir waren ängstliche Männer, Gefangene der Vorteile unserer Zeit. Sie, die einzige uneingeschränkt Menschliche, ist unser Opfer geworden, sie ist tot. Und wir leben und haben diese Vergangenheit vor Augen, mächtig und grauenvoll, denn Strafe muß sein, sagt Dinu.

Wir haben getötet.

Morgen rufe ich Schelski an.

14

Gegen elf erreiche ich Lena. Elf ist immer noch früh für Berlin.

»Ach du«, sagt Lena und ist gar nicht erstaunt.

Achdu, Geschwisterton.

»Ich hab nicht viel Zeit«, sagt sie.

Ich glaube, ich könnte nach hundert Jahren anrufen, und sie würde immer noch achdu sagen, als hätten wir erst gestern telefoniert.

»Brauchst du Geld, oder is was mit Julia?«

Sie klingt verschlafen und ist wahrscheinlich schon bei der Verabredung um zwölf oder im Seminar. Mit einem Bein im Bett, mit dem anderen bereits in der U 1.

Das sind sie immer in Berlin, alle. Trag mal dein Thema vor. Trag dein Thema einem Menschen vor, der mit einem Bein im Bett steht und mit dem anderen in der U 1.

Mein Thema? Der Rumäne? Julia? Die Securitate? Jörg?

»Ich komme vielleicht nach Berlin zurück«, sage ich.

»Gut, verlorener Bruder«, sagt Lena, »das ist gut.«

»Und Julia«, fragt sie.

»Weiß nicht«, sage ich.

»Aha«, sagt Lena.

»Hast du den Rumänen gesehen?«

»Ich habe Lotte gesehen«, sagt Lena, »sie macht sich Sorgen wegen dir.«

»Vergiß Frankfurt«, sagt sie, »ich muß jetzt aus dem Haus.«

15

»Du bist nicht mehr unter meinen Verdächtigen«, sagt Schelski, nachdem er sich die Geschichte angehört hat. »In meinem Fall bist du unverdächtig, das andere aber ist nicht mein Job. Das ist überhaupt keine Polizeifrage. Das ist ein Romanjob. Darüber kannst du einen Roman schreiben.«

Schelski trinkt sein Bierglas mit einem großen Schluck aus.

»So, das war's«, sagt er.

Dinu nickt.

»Mach's gut«, sagt Schelski.

Er sagt nichts vom Schach nächste Woche.

Auch Dinu sagt nichts.

Es wird kein Schach mehr geben.

Dinu blickt über den Platz, und plötzlich hat er den Eindruck, drüben, auf der anderen Seite des Platzes, eilt jemand vorbei, huscht davon wie ein Schatten, als wäre es Onescu, so gleitet er weg. Aber vielleicht bilde ich mir das nur ein, sagt er sich.

Es ist eine Einbildung, murmelt er und bestellt noch ein Bier.

16

Ich sitze in diesem dämlichen Café, und es fällt mir überhaupt nichts ein. Mein Kopf ist leer wie eine Trommel. Ich greife nach einer Zeitung, ohne etwas lesen zu wollen. Ich überfliege die Schlagzeilen, stottere die kleinen Meldungen ab, plötzlich bleibt mein Blick an einer Meldung hängen: »Hamburger Unternehmer tödlich verunglückt.« Ich lese. »Der Hamburger Unternehmer Dieter Osthoff ist gestern bei einem Unfall auf der Autobahn Berlin–Hamburg ums Leben gekommen. Vor drei Monaten erst machte der Tod seiner Frau Erika Schlagzeilen. Ihre Leiche war in Berlin in der Spree gefunden worden. Inzwischen scheint der Todesfall geklärt zu sein. Die Polizei nimmt an, daß es sich bei dem Tod von Erika Osthoff, die an Depressionen litt, ebenfalls um einen Unfall handelte.«

Ich lese die Meldung zweimal. Damit wäre der Fall also abgeschlossen, denke ich mir. Schelskis Fall. Gelöst, sozusagen. Alles andere soll Dinu mit sich selber ausmachen. Mit sich und seinen Ex-Kumpels.

Ich jedenfalls werde es niemandem erzählen. Außer Julia, der habe ich es erzählt. Sie hat sich den ganzen Kram angehört, die Geschichte von Dinu, die Geschichte meiner Familie und die Geschichte Rumäniens. Sie wird das Zeug wieder vergessen. Die Geschichte Rumäniens, die Geschichte meiner Familie und die Geschichte von Dinu. Im Grunde interessierte sie sich nur für Erika.

Richartz wird die Story wohl auch nicht verbreiten. Denke nicht. Sonst hätte er das Opus nicht an mich geschickt. Sonst hätte er es behalten. Oder veröffentlicht. Ganz guter Stoff für einen Ex-Dissidenten. Aber auch viel zu kompliziert. Die westliche Öffentlichkeit verlangt nach einer klareren Rollenverteilung. Also bleibt die Sache unter uns, lieber Vater.

Was rede ich für einen Schwachsinn. Nichts bleibt unter uns. Gar nichts.

Ich gehe ein letztes Mal in die Wohnung. Julia ist nicht da. Ich nehme einen großen Umschlag aus der Schublade. Ich stecke das Manuskript in den Umschlag. Auch die von mir selber beschriebenen Seiten, meine eigenen Überlegungen. Ich klebe den Umschlag zu, ziehe Tesafilm über den Verschluß.

Der Umschlag liegt vor mir. Er hat keinen Absender und keinen Adressaten. Absender braucht er keinen, aber er braucht einen Adressaten.

Ich habe beide Adressen.

Ich schreibe die Adresse von Richartz auf den Umschlag. Ich schicke ihm das Ding zurück. Er ist der Schriftsteller. Soll er sehen, wie er mit der Sache fertig wird.

Richartz ist zuständig. Mal sehen, ob er seiner Balkan-Analyse gerecht wird, wenn es sich um das eigene Leben handelt. Wenn es ans Eingemachte geht. Wenn die Strafe aus dem eigenen Kopf droht. So long, Dissident.

Ich bringe den Umschlag sofort zur Post, bevor ich es mir anders überlege.